马大勇心解
《三国演义》

马大勇　著

中国社会科学出版社

图书在版编目(CIP)数据

马大勇心解《三国演义》/马大勇著. —北京：中国社会科学出版社，2022.8

ISBN 978 - 7 - 5203 - 9991 - 3

Ⅰ.①马… Ⅱ.①马… Ⅲ.①《三国演义》研究 Ⅳ.①I207.413

中国版本图书馆 CIP 数据核字(2022)第 049049 号

出 版 人	赵剑英	
责任编辑	王　斌	
责任校对	周　游	
责任印制	王　超	

出　　版	中国社会科学出版社	
社　　址	北京鼓楼西大街甲 158 号	
邮　　编	100720	
网　　址	http://www.csspw.cn	
发 行 部	010 - 84083685	
门 市 部	010 - 84029450	
经　　销	新华书店及其他书店	

印刷装订	北京君升印刷有限公司	
版　　次	2022 年 8 月第 1 版	
印　　次	2022 年 8 月第 1 次印刷	

开　　本	710×1000　1/16	
印　　张	14.25	
字　　数	204 千字	
定　　价	68.00 元	

目　　录

第三编

三国智慧人物点评

✿ 引言 ✿

我不是教你诈

　　滚滚长江东逝水，浪花淘尽英雄。是非成败转头空。青山依旧在，几度夕阳红。　　白发渔樵江渚上，惯看秋月春风。一壶浊酒喜相逢。古今多少事，都付笑谈中。

　　在这部小书里，我将和大家一起来解读脍炙人口的四大古典名著之一《三国演义》。一部《三国》，可歌可泣，可唱可叹，我们从哪里说起呢？就从一句俗语开场吧。

✿ 刘备摔孩子的技术分析 ✿

　　有句俗语："老不读《三国》，少不读《西游》"，为什么这么说呢？一般的理解是，《三国演义》里面奸诈的东西太多，老年人已经阅历丰富，心眼儿不少了，再读奸诈的东西会变得更加多疑

曹操煮酒论英雄

多虑，对养生不利；少年人天真，爱幻想，看了《西游记》就更认为这些不现实的东西是真实的，对身心发展不利。

《三国演义》里有没有"诈"呢？当然有，不仅有，而且太多了，多到了三步一岗、五步一哨，我们都躲不开的程度。比如说，曹操之所以被称为中国历史上最著名的奸雄之一，就是因为奸诈的事情太多——"割发代首""望梅止渴"是著名的典故。"睡梦杀人"更令人惊悚：曹操故意让一个侍卫守在自己寝帐外面，睡到半夜，突然蹦起来一剑把这个人杀了，醒了以后痛哭流涕，说是自己梦游中杀人，目的是警告别人别靠近自己的寝帐。

还有一场很著名的"奸诈戏"，见于小说第十七回：

　　操军相拒月余，粮食将尽，致书于孙策，借得粮米十万斛，不敷支散。管粮官任峻部下仓官王垕入禀操曰："兵多粮少，当如之何？"操曰："可将小斛散之，权且救一时之急。"垕曰："兵士倘怨，如何？"操曰："吾自有策。"垕依命，以小斛分散。操暗使人各寨探听，无不嗟怨，皆言丞相欺众。操乃密召王垕入曰："吾欲问汝借一物，以压众心，汝必勿吝。"垕曰："丞相欲用何物？"操曰："欲借汝头以示众耳。"垕大惊曰："某实无罪！"操曰："吾亦知汝无罪，但不杀汝，军必变矣。汝死后，汝妻子吾自养之，汝勿虑也。"垕再欲言时，操早呼刀斧手推出门外，一刀斩讫，悬头高竿，出榜晓示曰："王垕故行小斛，盗窃官粮，谨按军法。"于是众怨始解①。

曹操是一代奸雄，诈一点很正常，但以厚道著称的刘备也很诈！鲁迅《中国小说史略》就明确说《三国演义》"显刘备之长厚而似伪"，也就是说，为了突出刘备的仁厚，写过头了，那就"伪"了、"诈"了。最能体现刘备之"诈"的莫过于长坂坡那场大戏。赵云血战长坂坡，万马军中七进七出，终于把幼主阿斗送到刘备手上。刘备一看赵云血染征袍，再一看阿斗，真有福气，都睡着啦！刘备非常心疼赵云，把阿斗"啪"地往地上一摔："为你这孺子几乎损我一员大将！""刘备摔孩子"这一幕，不光是有眼光的读者能看明白，一般群众眼睛也都是雪亮的。我们知道，有这么一句歇后语，叫"刘备摔孩子——刁买人心"。所谓"刁买"，就是"诈"的同义语。相声里就讽刺过刘备：你要真想把孩子摔死，何必往地上摔呢，往树上抡，"啪"一下不也弄死了吗？

这话当然是开玩笑了，那么，相声里怎么解释刘备摔孩子这件事儿呢？他们的说法相当"脑洞大开"：刘备能摔孩子，是因为他有个重要的生理条件我们不具备。刘备是一代帝王，生具异相，一个特点是"两耳垂肩"，很多人骂刘备"大耳贼"嘛！这个特点跟摔孩子没什么关系。但另外一个就有关系了——"双手过膝"。我们正常人两条胳膊垂下来到大腿下边一点儿，可刘备是长过膝盖。大家算一算，手过了膝盖，距离地面还有多远呢？五十厘米左右吧？再稍微弯点儿腰，往前探一探身儿，就二三十厘米了。又

_____

① 《三国演义》，人民文学出版社 1973 年版，后文引文皆出此本，不另著版本页码。

是沙土地，很松软，说是"摔"孩子，其实是一弯腰，把孩子"搁"地上了。所以人家刘备摔孩子可以，对咱们普通人来说就是"高难度动作，请勿模仿"了。这是刘备的"诈"。鲁莽的张飞诈不诈呢？长坂坡令手下马尾巴绑上树枝，故布疑兵用的是诈道；进军西川、活擒老将严颜用的也是诈道。这是就人物而言，其实，作为军事史、战争史的小型百科全书，《三国演义》中大大小小的战争、战役写了四百七十多场，哪一场离得了这个"诈"字呢？

智慧·做人·读书

看来"诈"确实是有的，但我们姑且不管"老不读三国"这句俗话说得有没有道理，这里想跟大家首先申明的一点是——我讲《三国演义》，目的"不是教你诈"。大家可能知道，这是台湾著名作家刘墉先生的一本书的书名，被我借来用的。那么，不教你诈，还讲什么呢？

第一讲智慧。我在书中会贯穿一个核心观点：在每一个历史发展的关键时刻、十字路口，真正决定其发展方向的不是武将的战阵斗杀、金戈铁马、长枪大戟、十荡十决，而是统帅的运筹帷幄、千里决胜，是大脑的交锋、智慧的较量。智慧是改变历史、创造历史的最强大的驱动力、最锋利的武器，甚至，它就是不二法门。在后面，我们讲东汉末年最高权力的几次转移过程，讲连环计、官渡之战，以及讲刘备军事集团的兴盛衰亡，大家都会很清楚地看到这一点。

第二讲做人。尽管《三国演义》中处处充满诈道，我还是认为，"诈"只能有效于一时。尽管有效，而且有时候长期有效，但最终，它还是会产生很大的副作用。正像西方一句名言说的那样："你可以在一段时间里欺骗所有人，也可以永远欺骗一部分人，但是你不可能永远欺骗所有人。"我想告诉大家的是：最终决定我们能走多远的，是做人的原则与品格。我们在后面讲吕布、诸葛亮、庞统、曹操，其实重点都在于讲做人的原则和品格。

第三讲读书。这本书的名字叫作"心解"，我用的是"心灵"的"心"，而不是"新旧"的"新"。我用这个字想要表达的意思是，这是我个人阅读《三国演义》的一些来自主观内心的感悟与体会，跟大家分享。为什么会有这些感悟与体会呢？作为中文系古代文学专业的教授，我其实是做诗词史研究的，并不专业研究小说，但因为主讲明清文学，在二十年的教师生涯中，几乎每个学年，甚至每个学期都要讲到《三国演义》。有了这种教学工作的需要，再加上我个人的阅读兴趣，我完全有把握说：二十年来，我把这本小说读过不下三四十遍，一年读两遍是可以保证的。有句古语叫"书读百遍，其义自现"，每次看，兴奋点都不一样，每次的思考也不一样，那就必然会有一点自己的看法，跟教科书讲的不一样，跟别的老师讲《三国演义》也不一样。从这个意义上讲，精读才能出真知，某些重要的书反复读才能读出味道来。

❦ 歪批三国 ❧

　　书有无数种读法，有精读，有泛读，有正读，也有歪读。什么叫"歪读"呢？相声史上有一个非常经典的段子，用相声术语来讲，叫作"把杆儿的活儿"，也就是压箱底儿的段子，叫《批三国》，也叫《歪批三国》。我们能找到录音的主要有侯宝林的版本、苏文茂的版本，还有郭德纲的版本，里面的"包袱儿"不大一样，用相声术语来说，这叫"一遍拆洗一遍新"，但不管哪一个版本，基本思路、基本线索没变，那就是充满喜剧智慧的"歪读"。

　　相声开始，逗哏的跟捧哏的说："听说你有学问，熟悉《三国演义》，我想问问，这本书为什么叫《三国演义》呢？"捧哏的说："你这问题太简单了，北魏曹操、西蜀刘备、东吴孙权，三国鼎立，讲这三个国家的事儿，那当然叫《三国演义》了！"逗哏的说："那不对，书中不止讲了三个国家的事儿啊！你看，小说一开篇，汉朝还没灭亡呢，汉朝算不算一国呀？这得算吧？那就四国了。小说到最后，降孙皓三分归一统，晋朝建立，晋朝算不算一国呀？也得算，那就五国了！再加上小说里有一些割据政权，比如说天南的孟获、江夏的黄祖，这些都加上，那可就多了。"

　　捧哏的说："既然你说不是因为三个国家的事儿，才叫《三国》，那它为什么叫《三国演义》呢？"逗哏的说："这事儿我有个体会，那是因为书里边儿带'三'的事情太多了，结果一凑合，得了，就叫《三国演义》吧！"

你还别说，让他一查，"带三"的事儿确实多。一开篇，"宴桃园豪杰三结义"，有三；最后一回，"降孙皓三分归一统"，这叫"两头见三"。中间也很多呀，"虎牢关三英战吕布"，有三；"陶恭祖三让徐州"，有三；"袁曹各起马步三军"，有三；"公子刘琦三求计"，有三；"三顾茅庐"，有三；"三气周瑜"，有三……一直往后数，数到"三擒孟获"。捧哏的赶紧拦住："好嘛！差点滑过去！前面那些咱都不抬杠，这个可不对了，人家小说里明明写的是七擒孟获呀！"逗哏的说："那对呀！你七擒孟获，必须先经过三擒呀！"接着再说"三出祁山"，捧哏的又给拦住了："不对！是六出祁山！""二三得六嘛！"再说"三伐中原"，"不对！是九伐中原！""三三见九嘛！"

就这么着，连加法带乘法，找出来不少"三"。而且人家说得很清楚，这些"三"是"明扣儿"，你到回目里一找就能找得到，还有很多"暗扣儿"，得总结归纳才能发现，那里面还暗含着很多"三"。

三个数学家

比如说有三个"不知道"，就是有三个人物信息不全，有一个人有姓无名，有一个人有名无姓，还有一个人无名无姓。谁是有姓无名呢？吴国孙策、周瑜的老丈人叫乔国老，他姓乔，国老是尊称，叫什么名儿书里没写，这叫有姓无名。捧哏的说："那不对呀！我们看京剧《甘露寺》，又叫《龙凤呈祥》，乔国老出来以后报名啦！他说自己叫乔玄呀！"逗哏的说："那对呀！京剧演出，老生、主角上台得报名字，不能说'老夫乔'啊！没名字不行，编剧给他临时编了个名字叫乔玄。为什么叫乔玄呢？说明这名字还没定呢，还'悬着'呢！"这叫有姓无名。第二个人有名无姓——中国古代四大美女之一、最出色的女间谍之一貂蝉。我们后面"连环计"部分会详细讲到她。貂蝉是名，是一种玉佩，她姓什么不知道。

　　第三个人无名无姓。无名无姓的人物很多，但这位是上了回目的，不是随便提到的。小说第二回叫作《张翼德怒鞭督邮》。督邮是督邮书掾、督邮曹掾的简称，汉代各郡的重要属吏，代表太守督察县乡，宣达政令兼司法等，大概相当于我们现在的监察局局长。此人姓甚名谁都不知道。这位老兄下来到基层检查工作，见刘备不给自己行贿，勃然大怒，把刘备训斥了一顿，扬言要罢刘备的官。张飞越听越恼火，晚上喝了点酒，跑到驿馆里，把这位督邮拽出来，绑在门口的柳树上，狠狠打了一顿，打折了好几根柳条。被打了一顿之后，这个人就消失了，他出场就是为了挨揍来的。这就是所谓"三个不知道"。

　　还有什么"三"呢？三个做小买卖的。第一个是刘备，刘备是卖草鞋的。我们也经常看到，有人说刘备"织席贩履小儿"，出身比较微贱。第二个是张飞。张飞是卖肉的，屠户出身。第三个是赵云。赵云做什么的？卖年糕的。说到这儿，那位捧哏的又给拦住了："你说刘备、张飞做小买卖，咱都不抬杠，人家赵云不是啊！书里面说得很清楚，真定常山赵子龙，世代武将出身。什么时候卖过年糕啊？"逗哏的说："你看书光看《三国演义》一本不行啊，各种文献你都要看。有一出京戏叫《天水关》，诸葛亮收姜维。在收服姜维之前，赵云和姜维有一场大战。姜维有几句唱词，那就告诉我们，赵云是做小买卖的。有句唱词说'赵子龙他老迈年高'，你看他一辈子没卖过别的，'老卖年糕'啊！"

　　还有一个"三"叫"三妻"，不是"三七二十一"，而是指三种对待妻子的不同态度。第一种叫作"刘备撇妻"。刘备这个人总打败仗，一打败仗，自己骑上马就跑了，媳妇就扔下了，而且很大方，谁在身边就扔给谁；第二种叫作"吕布恋妻"。吕布对自己的妻子严氏、对貂蝉都是言听计从，没能成大事都是因为听了媳妇儿的话；第三种叫作"刘安杀妻"。刘安是个猎户，全书里最卑鄙的一个角色。刘备打了败仗以后，翻山越岭，一整天没吃上饭，深更半夜，好容易看到几间茅屋，一敲门，猎户刘安迎出来："您是哪位啊？""我是汉景帝玄孙、中山靖王之后、当今皇叔刘备刘玄德。"刘安肃然起敬："皇叔驾临寒舍，蓬荜生辉。Can I help you，sir？""别的没什么，我就是饿了，给弄点吃的吧！""我家里没什么吃的，皇叔你稍歇一会儿，我来安排吧！"过了一会儿，弄了一大锅热气腾腾的肉，端上来了。刘备问："这是什么肉啊？""这是狼肉。"刘备饱饱吃了一顿，第二天出发时候看见厨房地下躺着一具女尸："这是怎么回事啊？"刘安说："皇叔驾临寒舍，无物款待，我就把我媳妇儿给宰了。"刘备非常感动，见了曹操以后把这事儿说了。当时还是刘备、曹操关系好的时候，曹操也很感动，赐予刘安千金。刘安本来是个穷猎户，这一下发财啦，变成了暴发户，很有钱，但是很孤独，打了一辈子光棍。怎么不再娶一房媳妇儿呢？谁也不敢把姑娘嫁给他，怕他来朋友没菜，再给宰喽！

　　最后还有一个有意思的"三"，三个数学家。第一个是诸葛亮。诸葛亮草船借箭，跟鲁肃借了二十只船，每只船上射了五六千支箭，最后一乘，十万支箭只多不少。诸葛亮研究数学的哪个部分呢？代数。第二个数学家是曹操。曹操诗云："对酒当歌，人生几何"，曹操是研究几何的。第三个数学家就是大美女貂蝉。貂蝉研究什么的呀？三角。这个就不用解释了。

　　不管哪个版本，《批三国》也好，《歪批三国》也好，里面都有这么一种聪明机智、有幽默感的读法。说一千道一万，不管是精读还是泛读，不管是正读还是歪读，我们想说的是：读书其乐无穷，读书具有无可替代的绝妙趣味。

安喜张飞鞭督邮

第一编

从
《三国志》
到
《三国志演义》

第一讲

关羽可能很好色

世代累积型小说

正文开始，我们的第一个部分叫作《从〈三国志〉到〈三国志演义〉》，主要谈《三国志演义》的成书过程、版本情况及有关问题。

在中国古代小说研究中，《三国志演义》以及类似的一批作品——如《水浒传》《西游记》《隋唐演义》《封神演义》等——被赋予一个专门概念，叫作"世代累积型"作品。所谓"世代累积"，就意味着它们不像《金瓶梅》《红楼梦》，是由某一个作家在某一段时间内创作出来，横空出世的。这一类作品是经过很多世代的历史智慧、大众智慧的沉淀和结晶，最终定型而成的——如同地质学中的岩层沉积一样。在这些"世代累积型"的作品中，《三国志演义》是累积时间最长、累积过程最曲折的一种。从晋朝出现史书《三国志》到通行定本《三国志演义》，经历了一千年以上的漫长时间。

追根溯源，《三国志演义》的成书必须首先提到晋朝史学家陈寿所著的《三国志》。《三国志》在中国史学地位很高，我们常常把官方正史序列（也就是俗称的"二十四史"）中的前四部《史记》《汉书》《后汉书》《三国志》单拿出来，合称为"前四史"。一方面它们记述的历史年代比较早，另一方面，它们各有成就特色，为后代的历史撰述树立了典范。

历史通向文学的桥梁

排在"前四史"之末的《三国志》有什么成就特色呢？一般称其"简而有法"。这个特点来自陈寿给自己确立的一个原则。他说，在我写作过程中会接触到很多精彩的史料，但不管这些史料有多精彩，只要它有两种以上的说法，而我又不能确认哪种说法是唯一正确的，我就宁可丢掉不用，也不把它写进史书中去。

这样的原则必然会形成两个结果：第一，使用的史料相对少，所以文字简洁；第二，为后来的历史撰述树立了事必经核、实事求是的法度。同时，这种原则又必然导致陈寿删掉了不少虽然不能核实、但相当具有文学性、传奇性的史料，从文学创作的角度来说，这是很可惜的。这部史学史评价很高的著述对《三国志演义》的影响是决定性的、血缘性的。我们现在能找到的《三国志演义》的最早版本是明嘉靖年间刊刻的，从这个版本到以后很长一段时间内的版本，在版权页上都是这样署名的："晋平阳侯陈寿史传　后学罗本贯中编次。"什么意思呢？当时人认为，这本书的作者是陈寿，罗贯中只是整理者、编辑者。当然，这里有出版商借着陈寿名头推销的意思，但这和我们现在的版权观念是不一样的。这就可以清晰地透见《三国志》和《三国志演义》之间决定性的血缘关系。

《三国志演义》成书的第二个阶段是南朝史学家裴松之的《三国志注》。注释我们都熟悉，那就是用来解释说明正文的部分。裴松之作《注》，他和陈寿的"工作性质"是不一样的。我的意思是说，陈寿著史，所以事必核实；裴松之作注，他就不必承担核实史料的任务，不管真的假的，也不管它有多少种说法，只要有利于说明解释正文，那就应该都搜集起来，成为注释的一部分。

于是，裴松之把当年陈寿摈弃不用的史料都尽量搜集回来，陈寿当年没看到的史料他也尽量搜集起来，分门别类，夹在《三国志》正文后面。这样下来，"裴注"中就保留了大量具有文学性、传奇性、戏剧张力的史料，这些史料后来有不少进入了《三国志演义》中，增加了小说的文学营养，所以我们说裴松之的《三国志注》搭建了一条从历史通向文学的桥梁。

这个桥梁作用怎么体现呢？我们来举个例子说明。

关羽可能很好色

关羽大家都非常熟悉了，他被称为"古今忠义第一"，与诸葛亮的"古今智慧第一"、曹操的"古今奸雄第一"并列为《三国志演义》的三大主角。既然是"忠义第一"，必然要把他刻画成大英雄、大丈夫的形象。在古人的道德观念中，大英雄、大丈夫除了要有忠义、勇猛、正直等优秀品质之外，还得有一个共同的优点——不好女色。一旦好女色，这个大英雄、大丈夫的"人设"就打折扣了，甚至不成立了。我们看《水浒传》里宋江告诫矮脚虎王英说："但凡好汉犯了'溜骨髓'三个字的，好生惹人耻笑"①，可见在江湖也是如此。那么，关羽在小说中也必然会视女色如粪土，这是他大丈夫形象的重要组成部分。我们看小说第二十五回《屯土山关公约三事　救白马曹操解重围》，曹操为了笼络关羽，曾经送给关羽十个美女，关羽连看都不看，照面儿都没打，就送给两位嫂子当丫环了。

　　但是，提醒大家注意，这是小说家言。如果看了裴松之《三国志注》，你就会知道，历史上真实的关羽可能不仅好色，而且还相当好色。什么地方能看出这一点呢？

　　《三国志·关羽传》的裴注引《蜀记》之文讲了这么一件事：关羽在曹操手下的时候，曹操派关羽攻打下邳，关羽接受了命令，但是跟曹操讲条件：吕布部将秦宜禄的妻子杜氏非常美貌，有倾国倾城之色，我替你攻打城池，他这媳妇儿你得赐给我。大家看，不仅好色，"好"的还是别人家的媳妇儿！曹操很痛快地同意了："我要的是城池领土，一个美女我有什么舍不得的呀？"曹操是答应了，但关羽还不大放心，总攻发动前三天又来找曹操敲定这事儿："丞相你上次可答应我了，下邳攻打下来以后秦宜禄的媳妇儿得赐给我！"曹操又是很痛快地答应了，可关羽还是不放心，总攻发动前一天，又来跟曹操磨烦："丞相，你说话可要算

---

① 　第三十二回《武行者醉打孔亮　锦毛虎义释宋江》。

数啊，那个美女可是我的了。"凡事有再一再二，没有再三再四，本来曹操对这事儿没太往心里去，这第三次答应了关羽，把他送走后，自己就动了好奇心了：这个美女到底有多漂亮呢？关羽这都嘱咐我三回了！

等到下邳攻打下来以后，曹操告诉手下人："你们把那个美女领来我看看！"一见之下，真如关羽所言，有倾国倾城之色。曹操一激动："那我留下吧！"就这么着，这个美女没留给关羽。到底是不是因为这件事情导致关羽和曹操出现了无法弥补的感情裂痕，后来怎么留也不在曹操这儿，非得回到刘备身边呢？这个史书上没说，而且这件事后来没有被写进小说里，因为和关羽的大丈夫形象不匹配嘛！我们举这个例子是想说明裴注中保留了大量类似的有传奇性、文学性的史料，后来很多都进入了小说之中，构成了小说丰富的文学营养。"裴注"的最重要意义就在于此。

邓艾艾艾

三国历史本身就犬牙交错，诡谲变幻，又有陈寿、裴松之这样的史学家做出了这卓有成效、引人入胜的历史书写，所以到了隋唐时期，三国故事、人物就不仅为知识精英文化层所熟悉，而且逐步下移到了大众通俗文化层，在市井农村蔓延开来。

隋朝史书记载，当时的大型娱乐活动有个名目叫作"水上百戏"。我们猜测，"百戏"应该包含了多种表演形式——杂技、魔术、戏剧小品，等等，其中就演出了三国故事。虽然什么情节、什么面貌我们并不知道，但已经可以说明"三国"进入了大众娱乐视野。到了唐代，我们看到晚唐大诗人李商隐有一首《骄儿诗》。这个"骄"不是"娇"的误字，是"淘气"的意思。在这首诗里，李商隐写了自己四岁的儿子衮师，非常聪明，"门有长者来，造次请先出。客前问所须，含意不吐实。归来学客面，闱败秉爷笏。或谑张飞胡，或笑邓艾吃"。客人来了，他匆匆忙忙跑出来，送客后，衮师冲进门来，拿起父亲的笏板，模仿客人的面相，或者嘲笑客人像张飞那样粗鲁，或者打趣客人像邓艾一样口吃。

张飞大家比较熟悉，性格莽撞，所以说他"胡"。邓艾在"九伐中原"的桥段中也很重要。他和姜维对峙，屡占上风，最后率领数千士兵，用原始的空降兵作战方式直抵成都，导致蜀国灭亡。邓艾这个人很有才华，但有个生理缺陷：口吃。见了司马昭，连自己名字都报不清楚，常说"臣……邓……艾……艾……艾……"。有一次司马昭跟他开玩笑："你老说自己邓艾艾艾，到底是几个艾呀？"邓艾嘴不利索，但脑瓜反应很快，他说："《论语》提到，《楚狂接舆歌》有'凤兮凤兮'之句，指的是一只凤，我说自己邓艾艾艾，就是一个艾呀！"不仅化解了口吃的尴尬，还把自己比成凤凰。司马昭大笑，很欣赏他的才思敏捷。

我们看到，尽管李商隐的儿子衮师属于比较聪慧的，但晚唐时期毕竟连这样的四岁小孩，都已经对某些三国人物的性格特点甚至生理缺陷了如指掌，如数家珍。这充分说明当时三国历史已经达到了妇孺皆知、老幼咸闻的境地，它进入通俗文化层的程度显然更进了一步。

宋代袁阔成

下一个阶段是宋代。宋代是城市大发展的时代，也是市民阶层崛起的时代，为了顺应广大市民阶层的娱乐需求，一些大都市，像汴梁、扬州、杭州等开设了不少娱乐场所，一般称为"瓦子"，取"来时瓦合，去时瓦散"、人口流动频繁之意。从城市文化史的角度来说，宋代是开启"全天候中国"的时期。宋代以前一直都有宵禁令，晚上不准出行，不准进行娱乐、商业活动。大唐朝那么发达繁荣，到了晚上，长安城也免不了黑漆漆一片。到了宋代，才可以二十四小时经商娱乐。

瓦子里会提供很多娱乐方式，比如说歌舞和卡拉OK等，其中也有说书。宋代说书行当主要分三大类：一是"朴刀杆棒"类，那就是武侠小说、江湖传奇，《水浒传》可能就在这一类里头；二是"银字儿"类，讲男女风月、爱情故事，类似后来的《金瓶梅》《杜十娘》等；第三类，也是受欢迎的一类是"讲史"。这一大类中，最受欢迎的分支是"说三分"，即讲述三国历史。史料中还记载了一位最负盛誉的说书艺人霍四九的名字，有的书上把他的名字写作"霍四究"，我认为还是"霍四九"可能性更大一些。

古代社会身份比较低下的平民阶层是没有权利为自己取字号的，他们起名都相当草率，或者拿排行、或者拿出生日期对付一下就当名字了。很多读者可能都看过一部著名的历史通俗读物

《明朝那些事儿》，大家可能还记得第一页有个表格："姓名：朱元璋；曾用名：朱重八"，也就是说，朱元璋是他发迹以后取的名字，之前按兄弟排行叫朱重八。"重"者，"双"也，"朱重八"也就是"朱八八"。他高祖的名字叫朱百六，曾祖名字叫朱四九，祖父名字叫朱初一，父亲名字叫朱五四。这样取名字不是因为老朱家热爱数学，而是因为社会身份低下。所以，我认为这位说书艺人的名字更有可能是"霍四九"，他的地位就相当于今天的袁阔成、单田芳。这时候，三国故事可能已经相当系统了，但没有文字资料留下来，其面貌我们也不得而知。

　　凡此种种，都说明从隋到唐到宋，三国历史已经从精英文化层大幅度地下移到了市民文化层。在此基础上，我们就迎来了《三国志演义》形成的最关键阶段——元朝。

第二讲

《三国演义》书名错

单刀英雄是鲁肃

从宋代到元代，我们进入了《三国志演义》形成的关键阶段。元代是戏剧文学大发展的时期，根据学界对《全元杂剧总目》等文献的研究，元代杂剧中三国题材的戏剧有六十出左右，数量相当庞大，其中完整剧本保留至今的有十一出。这十一出里面有两出剧目格外值得关注：一出是《西蜀梦》，一出是《单刀会》，这两出戏都是出自元代最伟大的戏剧家关汉卿之手。《西蜀梦》写的是关羽走麦城被杀后，张飞又被部将杀害，刘备夷陵之战被陆逊打败，病死在白帝城，兄弟三人的阴魂在成都城下相会，是一段很悲凉的故事。这出戏的艺术成就不太高，后来影响也不大，但《单刀会》情况完全不同，它具有强大的生命力和影响力，至今还活跃在各地的戏曲曲艺舞台上。比如，河北昆曲剧团每年的年度演出压轴大戏依然是《单刀会》；相声演员郭德纲在返场的时候，应观众要求唱一段太平歌词，百分之七八十都会唱《单刀会》，只不过唱着唱着，就改成了"骂一声贼子你叫于谦"，拿于谦找个包袱儿。

　　《单刀会》讲的什么故事呢？我们知道，这出戏的全名叫作《关云长单刀赴会》。关羽应东吴名将鲁肃的邀请，充满英雄气概地从荆州渡江到东吴赴鲁肃的会，挫败鲁肃的和谈阴谋以后，又充满英雄气概地回到荆州。"单刀会"的事情有没有呢？有，但是其中的人物设定正好与史实相反。我的意思是说，历史上真实的单刀会主角是鲁肃。他邀请关羽赴会谈判，义正辞严把关羽责备了一顿，取得了巨大的外交胜利，在这出戏中，英雄气概远胜于关羽①。

　　为什么戏剧和史实完全颠倒了呢？在上面讲到的三国历史演变过程中，有一个问题我们没来得及讲：随着王朝正统观念日益深入人心，三个国家的角色也在发生变化。陈寿写《三国志》的时候是以曹魏为正统的，因为曹魏代汉而立，但后来，大家认为刘备姓刘，他的蜀汉政权才是汉朝天下的正传。宋朝在瓦子里说书的时候，每说到刘备吃了败仗，听众就异常沮丧，甚至"汪然出涕"，听到曹操吃了败仗才"嘉然色喜"。于是在大众文化观念中，曹操成了篡权夺位的乱臣贼子，刘备及其军事集团的人物都被刻画成了正面人物，而东吴夹在中间成为灰色地带，跟蜀汉友好的时候就是正面人物，反之就是反面人物。出于这样一种观念的需要，才出现了"单刀会"的主角配角被颠倒的情况。

---

① 《三国志·吴志·鲁肃传》：肃住益阳，与羽相拒。肃邀羽相见，各驻兵马百步上，但请将军单刀俱会。肃因责数羽曰："国家区区本以土地借卿家者，卿家军败远来，无以为资故也。今已得益州，既无奉还之意，但求三郡，又不从命。"语未究竟，坐有一人曰："夫土地者，惟德所在耳，何常之有！"肃厉声呵之，辞色甚切。羽操刀起谓曰："此自国家事，是人何知！"目使之去。备遂割湘水为界，于是罢军。

《三国》本如《西游记》

元代的"三国"文学营养不仅体现在戏剧创作之中，更重要的是出现了一部作者不详的《三国志平话》。"平话"也叫"评话"，是古代民间流行的一种口头文学形式，最初有说有唱，逐渐演变为只说不唱，记录"平话/评话"的文字底本就称为"话本"，是古代白话小说的雏形。

这部《三国志平话》共分三卷，六十九节，讲述了一部基本完整的三国故事，但因为是民间文学，还显得相当粗糙，怪力乱神、不合逻辑之处到处都是。比如说，平话一开头，为了给"三国鼎立"找一个因果报应的关系，就讲了一个"司马仲相断狱"的故事。

司马仲相是东汉时候的一个书生，因为性情刚直，明辨是非，所以就获得了一项特殊的兼职工作：白天还在人间当他的书生，晚上到阴曹地府兼职当阎罗王。这天晚上，司马仲相又去客串阎罗王了，一看要审理的案件——被告刘邦，原告有三个，韩信、英布和彭越，被刘邦杀掉的三员大将。原告被告审了一遍，司马仲相作出判决：刘邦杀掉你们实在是太冤枉了，怎么报这一箭之仇呢？你们三个可以转世到人间，把汉高祖刘邦开创的汉朝天下一分为三，每个人拿一块儿。于是，这三位转世投胎，韩信变成曹操，彭越变成刘备，英布变成孙权，刘邦托生为汉献帝，饱受欺辱。司马仲相自己则托生为司马懿，用来结束三国分立之局。三国时代就是这样开始的。

这个开头尽管我讲得比较简单，但大家已经可以看得出来，它有一个很大的副作用，那就是严重削弱了小说的真实感和历史感。我们读这个开头好像读《西游记》，不太像《三国志演义》。罗贯中在写小说的时候就敏锐地看到了这一点，所以不取这种荒诞不经的铺排，上来就讲东汉末年的历史，这样的处理比之民间创作无疑是更高明的。

我们补说这个细节绝非闲话，它意味着三国历史的演进与积淀已经相当丰厚，文化土壤、观念准备已经非常成熟，一部长篇历史演义小说已经呼之欲出，即将登上历史舞台。

毛氏父子定乾坤

学界一般认为，到了元末明初，一位漂泊江湖的底层文人罗贯中在上千年的大众文化沉淀的基础上①，特别是在宋元话本、杂剧影响的基础上，加以剪裁编排，重新创造，最终写定了《三国志通俗演义》二百四十回本。罗贯中这个版本我们现在一般看不到，到书店、网上去买一般也买不到，只有专门研究小说的人还会把它找回来仔细看一看。现在最通行的版本出现在明末清初，也就是这本书流行了二百多年以后，由著名的出版家、编辑

---

① 罗贯中生平不详，无名氏《录鬼簿续编》云："罗贯中，太原人，号湖海散人。与人寡合，乐府隐语，极为清新。与余为忘年交，遭时多故，天各一方。至正甲辰复会，别来又六十余年，竟不知其所终"，今人对罗贯中的生平行迹之叙述多有争议。

家、文学批评家毛宗岗（1632—1709 年）和他父亲毛纶整理、批评以后的版本。

毛氏父子做了哪些工作呢？第一项，他们把原来的二百四十回每两回并成一回，重写了对仗比较工整的回目，使全书节奏更加紧凑；第二项，把书名去掉了"通俗"二字，改成了《三国志演义》；第三项，他们对罗本的文字、情节也有一定程度的修改，并加上了水平不错的评点，从而在总体上提升了小说的艺术品质。这一点我们举几个例子来详细谈谈。

第一个例子，我们都很熟悉通行本《三国志演义》的开头，那就是《临江仙》"滚滚长江东逝水"，这首词结束后有一句著名的开场白："话说天下大势，分久必合，合久必分"，然后就进入了历史叙述。这个开头不是罗贯中写的，而是毛宗岗改的。那首《临江仙》是明代中期的大才子杨慎所作，被毛宗岗移用到这里的[①]。

那么罗贯中原来的开头是怎么写的呢？他上来就是一段史实：

　　后汉桓帝崩，灵帝即位，时年十二岁。朝廷有大将军窦武、太傅陈蕃、司徒胡广共相辅佐。至秋九月，中涓曹节、王甫弄权，窦武、陈蕃预谋诛之，机谋不密，反被曹节王甫所害，中涓自此得权。

---

① 　关于杨慎及其《廿一史弹词》，我们在末尾部分会详说。

　　这样写也不是不好，比较朴素刚健，但确实在深化主题方面少了一些东西。现在毛宗岗加上杨慎的词——"古今多少事，都付笑谈中"，再加上一句"话说天下大势，分久必合，合久必分"，历史的纵深感一下就出来了，小说的艺术品质得到了很大的提升。这一处我们觉得改得很棒，令人拍案叫绝。

　　顺带一说。我们现在看通行本第八十七回出现了关羽的第三个儿子，叫作关索，但关索只出现了这一次，后来再也没有被提到过，堪称来无影去无踪，成为大家很好奇的一个谜团。其实关索的事迹在民间是有很多记载的。1967 年，上海嘉定县出土了一部明代成化年间的说唱词话《新编全相说唱足本花关索出身传等四种》，对关索事迹讲得非常详细。这本书中写道：宴桃园豪杰三结义，刘备说关、张二人有家小，"恐有回心"。于是关羽、张飞商量："咱俩把家里人都杀了吧！"但杀自己家人实在下不去手，两人约好，你杀我家的人，我杀你家的人。这样，张飞赶到山西蒲州解良县，杀了关家大小十八口，但怀胎三月的关夫人胡氏逃脱了魔掌，后来生下的孩子就是关索。关索七岁时走失，被索员外收养，九岁随花月先生上山学道，所以又叫"花关索"，一身好武艺，闯荡江湖，又回头找到关羽，父子相认。

　　这样的情节我们也不难辨认，像这种"起事"前杀掉自己家人的行径实在是太没有天理人情了，不用说是正面人物的关羽、张飞，就是穷凶极恶的强盗一般也不会这么做。显然，这对塑造正面形象不是一般不利，而是极其不利。类似的桥段当然要删掉，于是就成了现在这样神龙见首不见尾的情况。但关索这个人物在民间影响还是很大的，《三朝北盟会编》记载了一个开封人李宝，善角抵，人号为"小关索"；还有一个岳飞同事的军官李宝，号"赛关索"。南宋许多相扑艺人也爱自号"关索"，周密《武林旧事》就记有"张关索""赛关索""严关索""小关索"四人。最为我们熟悉的还是《水浒传》三十六天罡之一有一位"病关索杨雄"，"病"是形容他面色蜡黄，"关索"则是说他武艺高强、身体壮健。

《三国演义》书名错

再来说说毛氏父子的评点。在我看来，中国小说之有评点之学应该从金圣叹评《水浒》算起，在 2020 年辽宁人民出版社出版的《江湖夜雨读金庸》里，我对"金批水浒"花了不少篇幅来讲，并称金圣叹为"天下第一会读书人"，毛氏父子读书的本事不如金圣叹，但他们也为小说评点之学的建立起到了不可忽视的作用。

我们来读几则毛氏父子的批语，先看第一回、第四回、第十七回的眉批怎么评曹操的：

　　许劭曰："治世能臣，乱世奸雄"，此时岂治世耶？劭意在后一语，操喜亦喜在后一语。喜得恶，喜得险，喜得直，喜得无礼，喜得不平常，喜得不怀好意。只此一喜，便是奸雄本色。

孟德……说出"宁使我负人，休教人负我"之语，读书者至此，无不诟之、詈之，争欲杀之矣。不知此犹孟德之过人处也。试问天下人，谁不有此心者，谁复能开此口乎？至于讲道学诸公，且反其语曰："宁使人负我，休教我负人"，非不说得好听，然察其行事，却是步步私学孟德二语者。则孟德犹不失为心口如一之小人；而此曹之口是心非，而不如孟德之直捷痛快也。吾故曰：此犹孟德之过人处也。

曹操一生，无所不用其借：借天子以令诸侯，又借诸侯，以攻诸侯。至于欲安军心，则他人之头亦可借；欲申军令，则自己之发亦可借。借之谋愈奇，借之术愈幻，是千古第一奸雄。

这几回评曹操，出发点当然在于"奸雄"的论断，但的确都把曹操的特征揭示得相当深刻。看这些批语，我们可以体会到，毛氏父子对曹操虽然"深恶"，却并不"痛绝"。曹操很多做得很了不起的地方，就连先有成见在心的"大读者"也是不由自主地赞叹的。

再比如第八回眉批评貂蝉：

十八路诸侯不能杀董卓，而一貂蝉足以杀之；刘、关、张三人不能胜吕布，而貂蝉一女子能胜之。以衽席为战场，以脂粉为甲胄，以盼睐为戈矛，以嚬笑为弓矢，以甘言卑词为运奇设伏，女将军真可畏哉！

为西施易，为貂蝉难。西施只要哄得一个吴王；貂蝉一面要哄董卓，一面又要哄吕布，使出两副心肠，妆出两副面孔，大是不易。我谓貂蝉之功，可书竹帛。若使董卓伏诛后，王允不激成李、郭之乱，则汉室自此复安，而貂蝉一女子，岂不与麟阁、云台并垂不朽哉？最恨今人讹传关公斩貂蝉之事。夫貂蝉无可斩之罪，而有可嘉之绩，特为表而出之。

这两段话对貂蝉的功绩评判得十分公允，赞赏之情溢于言表，比之持"红颜祸水论"的腐儒不知高明到哪里去了。

不仅是眉批，正文中的一些夹批也时见精彩。如第六回"卓即差铁骑五千，遍行捉拿洛阳富户，共数千家，插旗头上，大书'反臣逆党'，尽斩于城外，取其金赀"正文之后，毛氏有批语云："何不竟题之曰'富户'，而必借逆党为名乎？'匹夫无罪，怀璧其罪'，人生乱世，不幸而富，便当族耳。陶朱公三致千金而三散之，诚惧此也"。这些话都说得很悲慨，具有一种对历史和人生的睿智和洞达。

当然，"毛批"最有名的一句是鲁迅引用过的"谁教汝赤膊"[1]，

---

[1] 鲁迅：《空谈》，见其《华盖集续编》。

这是评论与马超赤膊大战、被对方射了一箭的许褚的，可见他们也很有点幽默感呢！

举了这些例子我们可以看到：经过毛宗岗的整理、评点，《三国志演义》的总体品质有了较大的提高，同时思想立场也更趋于正统保守。我们有时候看到毛宗岗的批语会觉得有点气愤，为什么同样一件事刘备做就是仁德，曹操做就是乱臣贼子、收买人心呢？这里很明显是有评论者的偏见的。这些因素综合起来，毛宗岗整理评点的《三国志演义》最终成了这部巨著的通行版本，一直使用到现在。从这个版本上溯到陈寿的《三国志》，小说最后定稿一共花了一千四百年左右的时间。一书之成真是谈何容易！

到这儿，《三国志演义》的成书过程我们就都说完了，但还有一个重要的小花絮值得补充。我们现在去买《三国志演义》，不一定买得到，这本小说现在叫作《三国演义》！我这本小书不也叫"心解《三国演义》"吗？到底哪个书名对呢？

其实我们已经看到，这部小说跟正史《三国志》之间存在着决定性、血缘性的联系，是在《三国志》史实基础上对其"演义"，即虚构、编排、敷衍的结果，所以罗贯中的版本叫作《三国志通俗演义》，有"志"字；毛宗岗改定本叫作《三国志演义》，也有"志"字。事实上，这本小说问世后几百年里绝大多数时候都有这个"志"字，很少被称为《三国演义》。

到什么时候开始普遍被称为《三国演义》了呢？时间很近，但原因我们已经说不清了。20世纪50年代初期，人民文学出版社重新印行四大古典小说名著，不知道是哪位先生，出于什么想法，是疏忽还是有意为之，就把这个"志"字去掉了，所以，只有近六十多年，我们这几代人才把这本书叫作《三国演义》。看来《三国演义》这个书名是错的，但是约定俗成，几乎所有人都这样称呼，我们有时候也就"从俗"，称它为《三国演义》。这样称呼不能算错，但大家需要知道，《三国志演义》才是正确的名目。

第三讲

刘备不是窝囊废

刘备其实像张飞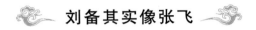

在《三国志演义》成书过程中，还有一个重要的"副产品"值得我们思考和关注，那就是——"从历史人物到文学人物"。

陈寿的《三国志》和裴松之的《三国志注》中所叙述的人物都有自己的历史形象，尽管"裴注"保留了很多传奇桥段，但没有改变其历史学的性质。写进小说就不一样了，小说作者有自己的历史观念和文学观念，要为塑造自己心目中的"三国文学世界"而添砖加瓦、移花接木，那就不可避免要产生"从历史人物到文学人物"的"错位"与"漂移"。特别是在我们前面讲到的王朝正统观念作用下，所谓"正面人物"与"反面人物"的标准甚至出现了颠覆性的调整。

曹操本来是惊才绝艳、雄才大略的一代英主，所谓"往事越千年，魏武挥鞭"，他的历史地位和个人魅力都远远高于孙权、刘备，小说硬是把他写成了大白脸奸臣。他说："设使天下无我，不知几人称孤，几人道寡"，本来是历史的真相，小说中硬是成了他狼子野心的罪状。这就是一个好例子。

　　与之相对的是刘备。刘备在小说中的形象我们很熟悉，文韬武略全都平平而已，能拿得出手的就是"仁德"二字，又常常近乎懦弱，有点像《西游记》取经团队里面的唐僧，动不动就泪如雨下，放声大哭，一点男子汉气概也没有，所以民间有歇后语"刘备的江山——哭出来的"。这个文学形象是小说作者为了塑造刘备的"长厚"而出现的"负效应"，跟刘备的历史真实形象差距是比较大的。在三国史料当中，刘备性如烈火，英气勃勃，敢作敢当，绝非唐僧式的窝囊废。我们上一讲提到"张翼德怒鞭督邮"的事情，其实真正怒鞭督邮的不是张飞，就是刘备自己①。刘备干了张飞的事儿，这可能很出乎大家意料之外，但这正是刘备的真实面目。

　　宋代大词人辛弃疾有一首《水龙吟》，其中有三句："求田问舍，怕应羞见，刘郎才气"，这里充满勃勃"才气"的"刘郎"指的就是刘备。《三国志》记载，刘备寄居荆州刘表府上的时候，大名士许汜求见刘表，这三个人坐一块聊天儿。许汜说起另一个名士陈登，此人字元龙，在小说中也出现过。许汜说："陈元龙这个人徒有虚名，我慕名拜访他，他连起码的礼貌都没有。不仅对我待答不理，晚上就寝的时候，他自己睡了上床，让我睡在下床。"我们现在大学寝室里来个同学、老乡，让人家睡下床，是对人家的照顾尊重。古代不一样，睡上床才是对人的尊重，睡下床是瞧不起人。后来有个掌故叫作"上下床之别"，说的就是这个意思。

---

① 《三国志·蜀书·先主传》："督邮以公事到县，先主求谒，不通，直入缚督邮，杖二百，解绶系其颈着马柳，弃官亡命。"

所以许汜吧啦吧啦说了陈登半天坏话，刘备忍不住了，干脆打断了许汜："许先生啊，我知道陈元龙为什么这么对待你。"许汜很惊喜，想不到这人还有点独到之见："啊玄德兄，愿闻其详！"刘备说："现在国家风雨飘摇，人民啼饥号寒，希望有像许先生你这样的国士出山，拯黎民于水火。结果你言无可采，求田问舍，无非买房买地而已，像你这样徒有虚名的国士，陈登对你已经够客气的啦！要是换了我，我就建一座百尺高楼，自己睡到楼上，让你睡在楼底下！"大家看，这个牙尖嘴利、英气勃发的刘备是不是跟小说里不大一样？

刘备在荆州还留下一个典故，叫作"髀里生肉"。有一次，跟刘表在饮宴之中，刘备突然泫然而泣。这次刘备确实哭了，但哭得很有点儿英雄之气。刘表问："贤弟何事伤心哪？"刘备说："备往常身不离鞍，髀肉皆散。分久不骑，髀里肉生。日月蹉跎，老将至矣，而功业不建，是以悲耳"，这就是说：大哥呀！我为自己变成了"油腻中年男"而伤心呀！

其实我们可以想象，刘备是开创一国政权的奠基之主，也是一代枭雄，他绝不会是那种一味仁德、窝囊懦弱的人。在这一点上，罗贯中塑造的文学形象尽管有其意图所在，也有合理性，但偏差是不小的。

诸葛亮适合搞民政

下一个值得评说的是诸葛亮。诸葛亮在小说中被刻画成全知全能的大政治家、大军事家，鲁迅甚至批评《三国志演义》把他写得"多智而近妖"，诸如借东风、陇上装神、五丈原禳星等桥段，的确写得太"超自然"了一些。因为小说的传播效应，诸葛亮在民间成为智慧的化身、符号、代名词。正如相声里的"诸葛亮赞"所说："上知天文，下知地理，中晓人和。明阴阳，懂八卦，晓奇门，知遁甲。前知五百年，后知五百载，自比管仲、乐毅之贤，抱膝危坐，未出茅庐，先定三分天下。"南开大学有一个国乐相声协会，多年前，裘英俊、于丹、夏景华合说经典段子《训徒》，我以为是《训徒》这一段的"史上最强版"。在夸奖自己徒弟的时候，裘英俊就讲了这段套子话，但把最后一句改成了"未出茅房，先定三分天下"，而且后面做了解释："为什么说我徒弟比诸葛亮能耐还大呢？诸葛亮是'未出茅庐'，茅庐啊，那是房子！在里头三个月五个月也是他，十年八年也是他。茅房你能待多大一会儿？干燥也就半小时呗！"

　　这当然是个笑话了。其实作为一个历史人物，诸葛亮不仅没有这么夸张的本事，反而因军事才能的匮乏而为人诟病。《三国志》说诸葛亮"治军为长，奇谋为短"，就是说他管理军队还可以，出奇制胜的军事谋略方面比较差。后面还有两句更加严厉，说他"理民之干，优于将略"，认为他最适合搞民政工作，行军打仗，诸葛亮不行。关于诸葛亮这方面的问题，我们在后面还有较多篇幅可以讲，这里且埋下一个伏笔。

3D 形象说关羽

再一个值得说的是关羽。关羽的形象不仅有历史、文学两重，他还多了一重民俗形象。怎么理解呢？首先，关羽在三国时代只是一员毁誉参半的普通武将，他有义勇的一面，也有巨大的缺点，他的狭隘傲慢更为蜀国的提前灭亡推倒了第一块多米诺骨牌。《三国志》完整记述了这些史实，小说没有回避这样的大关节，基本呈现出来了。

刘备进取西川的时候，留下诸葛亮与关羽镇守自己的根据地荆州。后来庞统落凤坡牺牲，诸葛亮不得不亲赴刘备大营参赞军事。让关羽独当一面，诸葛亮很不放心，于是找来关羽，给他出了一道精心设计的问答题。诸葛亮说："云长啊，如果曹操从北面起兵攻打荆州，你怎么办？"关羽说："好办啊，出兵拒之！"诸葛亮说："这个答案对。如果曹操从北面、孙权从东面夹击荆州，你怎么办？"关羽答："也好办啊，分兵拒之！"诸葛亮说："这个答案错！正确答案是，千万不要给曹操孙权夹击荆州的机会，一旦形成夹击之势，荆州就完了！所以我送你八个字，作为镇守荆州的大政方针，那就是'北拒曹操，东和孙权'。"

我们看得出来，诸葛亮煞费苦心，唯恐关羽不重视，这才郑重其事、转弯抹角地把这个大政方针交代给关羽，但关羽完全当成耳旁风。再过一段时间，孙权出于巩固孙刘两家联盟的需要，派媒人过江提亲，要迎娶关羽的女儿当自己的儿媳妇。关羽也可以拒绝，比如说他有现代爱情观，不能为了政治利益牺牲我女儿一生的幸福。我的意思是说，不管出于什么原因拒绝，都没有问题，但拒绝要有尺度分寸，要用外交辞令，这样的话，事情就不会闹到后来那么难以收拾的地步。

关羽拒绝了，而且完全没有大局观，没有政治敏感，他拒绝的理由实在简单粗暴，我们作为读者都觉得不能接受。他说："这门亲事不行！为什么？虎女焉能嫁犬子？"这就相当于指着孙权的鼻子尖儿破口大骂了。孙权也是一国之君啊，曹操当年尚且感叹"生子当如孙仲谋"，现在被关羽如此严重地伤害了自尊心，哪能善罢甘休？这才下决心放弃孙刘联盟，派吕蒙、陆逊夜袭荆州，导致关羽走麦城，死在孙权之手。

关羽一死，多米诺骨牌效应开始连锁显现。刘备哭了一个死去活来，宁可皇帝不当了，也要给关羽报仇，但惨败于陆逊之手，蜀军精锐几乎全部丧失在夷陵之战当中。刘备没有脸回成都，走到重庆市奉节县的白帝城，建永安宫为行宫，一年之后就病逝在这里。夷陵之败与刘备之死是蜀国由盛转衰的巨大拐点，追根溯源，关羽对此要负有不可推卸的重要责任。所以关羽去世后得到的谥号——也就是对他的盖棺定论——并不是美称。他的谥号叫作"壮缪"。"壮"，总体来看是个好字眼儿，根据《谥法解》："威德刚武曰壮；胜敌克乱曰壮；屡行征伐曰壮；武而不遂曰壮；武德刚毅曰壮"，总之是强调其英勇无畏、壮志未酬的意思。"缪"则是彻底的负面评价："名与实爽曰缪；伤人蔽贤曰缪；蔽仁伤善曰缪。"这是批评他名实不副、好坏不分。后来到了宋代，秦桧落得一个谥号叫"缪丑"，关羽居然和秦桧用了一个字！这说明，在蜀国，大家对关羽的评价就不是很高。比起三国时代的其他名将，诸如赵云、陆逊、张辽等，关羽不能算是出色。

　　但就是这个总体表现平平的关羽，在小说家的生花妙笔之下，成了"古今忠义第一"的文学形象，并随着文学传播效应的扩大化，进一步伟岸高大起来。

　　关羽的形象被推到极致是在清代。清朝开国的时候，统治层粗鄙无学，《三国志演义》是他们几乎唯一的军事教材，关羽形象也对他们影响至深。到乾隆朝，干脆以官方文件的形式册封关羽为"三界伏魔大帝关圣帝君"，把他和孔子并列为文武二圣人。从此以后，普天下但凡有文庙的地方，也都有了关帝庙，香火之旺，风头之劲，一时无两。

　　但也出了不少问题。现在关羽享受的是帝王待遇，按照规定，关帝爷在戏剧舞台上一出场，所有观众都要向他行三跪九叩大礼，那戏还怎么唱？后来跪拜的规矩只好取消了，但还是留下一些痕迹。直到民国，戏台上都有一个规矩，关羽担纲主角的戏被称为"老爷戏"，扮演关羽的演员上了妆以后不能乱说乱动，嗑个瓜子儿啊，扯个闲篇儿啊，都不行。别人也不能跟他乱搭茬儿，卸了妆才能回到演员的本来身份。

　　关羽还有一个民俗形象，那就是财神兼保护神。我们看香港电影，警察局和黑社会都供奉关二爷，想想都觉得搞笑。财神还有另外两位，一位文财神，据说原型是殷纣王的丞相比干，就是长了七窍玲珑心，被妲己害死的那位；另一位武财神也是"封神"人物，叫作赵公明，骑着一头黑老虎，手提打将钢鞭。提到赵公明，我们顺带说个笑话。郭德纲有段相声叫《河南戏》，里面提到田间地头演出的河南梆子剧团常出现舞台事故。有一次演《黄河阵》，两个主角：燃灯道人和赵公明。两个人的唱词应该是这样的：赵公明先唱第一句"赵公明我把黑虎跨"，燃灯道人接着唱"燃灯道人我上梅花。"结果扮演赵公明的演员第一句唱错了，唱成"赵公明我上梅花"，演燃灯那位傻了，只好接了一句："你骑了梅花我骑啥"。赵公明接着唱："我的老虎你骑吧"，燃灯收最后一句："我骑老虎我害怕。"合辙押韵，还真唱下来了！

　　笑话归笑话，这里我们想说的是，关羽的三重形象：历史、文学、民俗，是一个很有意思的文化命题，值得研究，而促成这种"关羽文化"现象的"第一功臣"无疑是《三国志演义》。文学的力量有时候真是不能低估！

关云长夜走麦城

第二编

智慧之书：《三国志

演义》主题心解

第四讲

低智商改变历史

能不能一手遮天

扫清了外围战场以后，我们可以进入《三国志演义》的解读了。关于这部小说的主题，文学史上有很多提法。比如说，在阶级斗争学说介入文学批评的时候，《三国演义》常被解读成"地主阶级争权夺利的斗争""农民起义是历史前进动力"，等等。进入到严肃的学术研究时期以后，对其主题又有多向性的读解。有"历史宿命论、循环论"之说，所谓"天下大势，分久必合，合久必分"就是代表；也有"呼唤仁君"说，认为书中表达了乱世知识分子对清平盛世的渴望。这些主题各有侧重，也各有道理，但站在一个不研究小说的古代文学学者的半专业立场——主要是读者立场，我读这本书的时候，感受到一个特别突出的主题词，两个大字——智慧。在引言部分，我已经表达过自己的观点。全书从第一回《宴桃园豪杰三结义　斩黄巾英雄首立功》到最后一回《荐杜预老将献新谋　降孙皓三分归一统》，几乎每一次历史发展方向的重大转折与改变，背后起着决定性作用的都是智慧。所以我们说这部书是智慧之书，智慧是改变历史、创造历史的最强大的驱动力、最锋利的武器，甚至，它就是不二法门。

道理不难懂，关键是如何来论证智慧的决定性作用。我们首先引入一个比较大型的个案：汉末朝廷最高权力的几次转移交接的过程。我们知道，每一次最高权力的转移交接都改变了历史原有的发展方向，那么，什么因素在这个过程中起了决定性的作用呢？

小说开篇写到东汉末年历史，其中出现的第一代最高权力实际控制者叫作何进。何进有两重身份：官方身份是大将军，国家最高国防长官；私人身份，他是汉灵帝的何皇后的哥哥，也就是皇帝的大舅子。说到这重身份，对东汉政治史稍有了解的读者立即就能联想到一个问题：东汉政治史很有意思，一共立国两百年左右，其中后一百二十年，甚至一百五十年，皇帝说话都不算数。最高权力下移到两大集团手中：一个是宦官集团，元朝以后叫"太监"。中国历史上有三个太监的黄金时代。第一个是东汉，第二个是晚唐，第三个，也是含金量最高的一个，在明朝，不仅大太监层出不穷，炙手可热，而且出现了太监这个行业中"炉火纯青、登峰造极"的"杰出"人物——九千岁魏忠贤。

另一个是皇帝的男性姻亲权力集团，也就是皇帝的岳父啊、大舅子啊、小舅子啊这一干人等。在历史上他们有个专属概念，叫作"外戚"。外戚的势力之大相当惊人，比如说汉顺帝的大舅子梁冀，他任大将军的时候，立了八岁的刘缵为皇帝，是为汉质帝。每次上朝，大臣奏事，完全听凭大将军决断，小皇帝是个木

偶。有一天，小皇帝实在忍耐不住了，跟梁冀说："大将军，你真
是个跋扈将军啊！"梁冀一听这话，倒抽了一口冷气："本来我立
这个小孩当皇帝，就是图他好控制，他才八岁就知道我跋扈，以
后亲政的话，还有我好果子吃吗？"梁冀当时没有发作，过了一
个多月，等事情淡化下来以后，给小皇帝送来一碗面条，小皇帝
吃完以后腹痛如绞，毒发而死。梁冀又立了桓帝刘志，此后更加
专擅朝政，结党营私，梁氏一门前后七人封侯，出了三位皇后，
两位大将军，其余任卿、将、尹、校的共五十七人。

何进虽然比不上梁冀的气焰，也算得上手握重权、呼风唤
雨，但他能不能独揽大权、一手遮天呢？现在还做不到，因为还
有"十常侍"为首的宦官集团跟他明争暗斗，要切分最高权力这
块蛋糕。于是，何进召集手下的智囊团召开高级参谋会议，后来
在这本书里叱咤风云的一代枭雄，比如袁绍、曹操，当年都是何
进手下的普通参谋。

一脑袋浆糊

应领导的要求，袁绍率先给出 A 计划，他说："建议大将军
矫诏，也就是假传圣旨，命令各州郡刺史进京勤王，保护皇帝，
铲除佞臣。小的州郡一两万人，大的州郡两三万人，汇合数十万
人马，把京城包围得严严实实，铁桶一般。再颁布十常侍等人的
罪状，该抓的抓，该杀的杀，这叫作堂堂正正，师出有名。"

曹操坚决反对袁绍的 A 计划，他提出了属于自己的 B 计划。

我们分析一下曹操的 B 计划,他有两条适用原则:一是知己知彼的兵法原则,一是快刀斩乱麻的效率原则。所以,曹操讲了这么一番话:"我们要办成这事儿,首先得分析一下我们和宦官集团的优势和劣势所在。宦官的优势在哪?我们在外朝,他们在皇宫,和皇帝、太后的关系亲密,这是我们的劣势;我们的优势在哪?我们有兵符,可以调动正规军,这是宦官最大的短板。所以,第一要以己之长,攻敌之短;第二要快刀斩乱麻,防止迟则生变。你从外地调兵,以我们现在的交通条件,快的一两个月能到就算不错了,慢的四个月半年都到不了。夜长梦多,必然会出问题。应该怎么办呢?用不上从外地调几十万军队,就从京师禁卫军调一支小部队,几千人一个团就够用了,再精干一点,几百人一个连也够用了。进入皇宫,精准定位,把十常侍抓起来杀掉,然后再向皇帝太后禀报。这叫作先斩后奏。皇帝、太后肯定不高兴,但我们兵权在握,也不会有什么严重后果。"

我们看得很清楚,无论从计划的适用原则层面,还是从历史发展实际情况来看,曹操的 B 计划是比袁绍的 A 计划好很多的,但是,何进的智商不允许他做出正确的选择。我们说"智慧改变历史",这个判断是有两重性的:高智商改变历史,低智商也改变历史,何进就是一个以低智商改变历史的典型。现在眼前明明摆着两个计划,二选一,闭着眼睛随手摸一个都有百分之五十选对的概率,何进睁着眼睛偏偏选一个错的。所以,毛宗岗在这里有句批语,说"何进胸中如漆",翻译过来就是"一脑袋浆糊"。

再没机会犯错误

就这样，何进选择了袁绍的 A 计划，这道假圣旨就发出去了。这道圣旨立即产生了一个效应：之前何进和宦官集团也斗得相当激烈，但毕竟还有一层窗户纸没有完全捅破；圣旨发出去，这层窗户纸就捅破了，斗争迅速进入白热化状态。宦官集团意识到生死存亡，危在旦夕，必须要发动反击。怎么反击呢？曹操分析得一点都不错。宦官也要以己之长，攻敌之短。他们最大的优势在哪？曹操也给我们分析了：跟皇帝太后关系好嘛！所以，十常侍中排着队去见太后，抱着太后的腿放声大哭："我们也没得罪大将军啊！现在听说大将军要召集外地兵马杀掉我们，请太后救救我们吧！"太后一看，这么可怜见儿的，也就心软了："好吧，传我懿旨，召大将军何进进宫议事"！议什么事？饶宦官性命的事啊！

太后的懿旨传到大将军府，当时曹操没在何进身边，只有袁绍在。为什么特地强调这个细节呢？我们要看到，智商高低是有三六九等的，袁绍的智商确实不如曹操，后面我们讲官渡之战还能看到这一点，但跟何进相比，还是袁绍智商要高一些。我的意思是说，现在又是二选一，进皇宫还是不进皇宫呢？袁绍的意见无疑是对的："我们调兵的圣旨已经发出去了，这种风口浪尖的危险时刻不能进皇宫啊，人身安全都没有保障！"但何进居然还得意扬扬，不可一世，他说："我是朝廷的专管大将军，手缩天下兵符，区区几个宦官能对我有什么大动作？"最后还是下了决心拍了板要进皇宫。从何进身上我们体会到一句"名言"："一个人一辈子做一件蠢事并不难，难的是只做蠢事不做聪明事"，何进就是这样一个人。小说开篇，只需要他做两个决定，他全都做错了，错误率是百分之百，而且，这是他最后一次犯错误，他再也没有机会犯下一个错误了。

袁绍苦劝何进不住，只好请求何进批准自己率领五百虎贲勇士，我们现在讲就是一个特种兵警卫连队，保护何进的人身安全，这个何进倒是同意了。袁绍带着五百人簇拥着何进来到皇宫门口，宦官集团再一次发挥出自己的优势。人家都不用派什么有身份的大宦官，派一个年轻的小宦官，往门口一站："太后有旨：只宣大将军一人觐见，闲杂人等不得入内！"这是完全符合宫廷管理规定的。袁绍和五百人都被拦在皇宫门外，何进一个人雄赳赳气昂昂进了皇宫大门。还没走进去三五百米，身后两扇大红门"咣当"一关，假山背后伏兵四起，根本没看见太后，就中了宦官的埋伏了。宦官在皇宫里头太多人没有，三五百人总是有的吧？重型武器没有，菜刀啊，砖头啊，棒子啊，这些轻型武器总是有的吧？那也是要命的呀！

宦官们拿着这些轻型武器，乱刃齐下，刚刚还不可一世、手绾天下兵符的何大将军，就这么轻易地死在了自己的低智商之下。袁绍带领五百勇士在外面等了好久，不见大将军动静，下令五百人齐声高叫："请大将军上车！"话音未落，高高的宫墙后面，"嗖"的一下，何进的脑袋给扔出来了，身子留在那边了。到这一步，袁绍才红了眼睛，下令五百人撞开宫门，看见宦官就杀，终于酿成了一场惨烈的宫廷政变。不用说真的宦官给杀了很多，就是没长胡子的，或胡子长得比较少的人，都被误当成宦官杀了不少①。所谓"血流漂杵"，真是惨烈至极。大家看，最后还是走到曹操的 B 计划上面来了，但这是付出了何进性命的代价以后才不得不如此的。

 容易被忽略的李儒

何进这种低智商的死法改变历史产生了两个效应：第一，他的死腾出了一个最高权力的真空，等待着别人来填补；第二，他发出去那道调兵的圣旨给接替他位置的人提供了一个很好的机会和平台——这个人就是董卓。

董卓当时是西凉刺史，相当于现在的甘肃省省长，在西凉手握重兵，野心勃勃，久蓄异志，一心想进入权力中枢，苦于没有很好的机会。接到何进这道圣旨，董卓大喜过望，率先带兵来到京城。到这儿一看，宫廷政变也进行完了，何进与宦官同归于尽，现在朝廷乱七八糟，群龙无首，董卓就凭借实力顺理成章接替了何进的地位，成为东汉末年小朝廷的第二代最高权力实际控制者。

相比何进，董卓我们还是比较熟悉的。我们知道，他在汉末政治舞台上曾经猖獗一时。如果要探究董卓猖獗一时的奥秘的话，

---

① 《后汉书·何进传》："绍遂闭北宫门，勒兵捕宦者，无少长皆杀之，或有无须而误死者。"

我们常常容易注意到一个人，那就是董卓手下的三国时代第一勇将——吕布吕奉先。我们常常会忽略一个人，那就是董卓的智囊李儒，很多关键的主意都是李儒给出的。简而言之，现在董卓文有李儒，武有吕布，左膀右臂，文武双全，实力之强，天下无人能挡，成为一个不可动摇的庞然大物。问题是，这个不可动摇的庞然大物又是怎么迅速土崩瓦解的呢？

我们看到，董卓没有瓦解在曹操纠集的十八镇诸侯组成的"多国部队"的武力攻击之下，也没有瓦解在"虎牢关三英战吕布"那种强度的武力攻击之下，而是瓦解在一介手无缚鸡之力的书生王允的精妙智慧之下。是王允，以自己的智慧强力扭转了历史发展的大方向。《三国志演义》第八回《王司徒巧使连环计　董太师大闹凤仪亭》，以这一回为中心的前后几回书我们又简称为"连环计"。就小说的叙事节奏而言，作者在帝王将相、刀光剑影的宏大叙事之间突然插进这一段旖旎的儿女之情是很高明的，它起到了一种重要的调节作用，然而，更应该思考的是，作者插进这场看似香艳、实则险峻的"闺阁谍报战"，其目的正是为了证明智慧在历史进程中的决定性作用，那么，"连环计"也就构成了小说开篇以来第一个对"三国智慧"主题给予很好证明的精彩个案，我们可以详细说一说。

第五讲

连环计(上)：中国古代 杰出女间谍

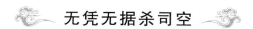

无凭无据杀司空

偌大一个精巧的连环计，我们从一次宴会说起。在一次大型宫廷宴会上，酒菜丰美，气氛和乐，董卓的亲兵队长吕布从外面快步进来，趴在董卓耳边低低说了几句话，董卓听完勃然大怒："司空张温胆敢交接匪类，意图谋反！吕布，把他推出去给我斩了！"司空是什么级别的官员呢？东汉官制有"三公"之说，是国家三个最高行政长官的合称。一个是司徒，主管人事组织工作；一个是司空，主管经济基本建设；还有一个是司马，主管国防军事工作。这么高级别的官员，没有任何司法审判程序，仅凭吕布的一句密告，直接就宣判死刑，立即执行，所有在场的官员都吓得面如土色。

吕布奉命，当场把张温推了出去，一会儿工夫，脑袋放在托盘里端上来了。所有官员惊惧不已，董卓还安慰大家："此事我们调查得很清楚，乃张温一人所为，跟大家没有关系。来来来！我们接着饮酒！"大家还得强作欢颜，陪着董太师把酒喝完。相信这天晚上回去，很多人心里都会很不是滋味，其中最不是滋味、最焦灼的是主管人事组织工作的最高行政长官——司徒王允。

王允回到家里，仰天长叹：汉朝天下气数将尽，这朝廷不是姓董了吗？怎么能铲除董卓这个国贼呢？从晚上一直徘徊到半夜，想了若干办法，没一条管用，正所谓一筹莫展。正在彷徨之际，忽然看见假山后面闪出一角女子的衣裙。王允吆喝一声："那是谁呀？给我出来！"出来一看，不仅认识，而且太熟悉了，正是自己从小收养在府中的养女，中国古代四大美女之一，也是中国古代最出色的女间谍之一——貂蝉。这里要提醒大家的是，王允和貂蝉下面的对话都是父女之间的家常话，但是峰回路转，暗藏机关。

一顶帽子引发的血案

王允看见貂蝉，要先摆出父亲的姿态管教女儿："小贱人！深更半夜不睡觉，在后花园里边转来转去，非奸即盗！赶快如实讲来！"看看，都是家常话吧？貂蝉跟王允说的也是家常话："父亲，是这么回事。我看父亲下朝回来，面色不愉，当女儿的想给父亲分担点儿忧愁，尽点孝道，但又不敢打扰探问，所以父亲你在这儿徘徊了多久，我就跟在你后面徘徊了多久。"

大家看得很清楚，这就是一段父女间的家常对话，但因为王允多日以来一直苦思冥想铲除董卓的计划，就在这几句家常对话之间，忽然灵感井喷，智慧爆棚，一个叫作"连环计"的计划在脑海中闪电一般形成了。王允做出了一个惊人的举动，一撩衣服，"扑通"，给貂蝉跪下了。父亲给女儿跪下了，这不是跪反了吗？跪在地上，王允说了一句惊人之语："我没想到，汉家天下在你手中！"接着把想法都跟貂蝉说了："我要用连环计，连环计就是反间计，反间计就是美人计，要用你的美色来离间董卓、吕布这对义父义子之间的感情。但这里头有两点：第一，非常危险，当双面间谍当然是非常危险的；第二，代价惨重，你要牺牲色相。为了天下苍生、汉家气运，你能不能答应父亲这个请求啊？"

　　史书上没交代，各种文献上也没记载，貂蝉是什么学历？哪所大学什么专业毕业的？上过什么谍报训练班啊？总之，当时才十六七岁，相当于今天高二高三小女生的貂蝉，以绝大的勇气与智慧接过了这个"Mission Impossible"——不可能完成的任务。貂蝉说得非常坚决："没有父亲从小把我收养在府里，就没有我貂蝉的今天，今日父亲有用我之处，赴汤蹈火，在所不辞！"这天晚上，义父、义女二人定下连环计，要对付董卓吕布这对义父义子，这也形成了一个很有意思的对仗关系。

　　第二天，连环计大戏正式上演。连环计从哪儿开始的呢？一顶帽子。多年前陈凯歌导演拍过一部《无极》，大家调侃说可以改个片名，叫《一个馒头引发的血案》。我们如果拍《连环计》，也可以改个名字，叫《一顶帽子引发的血案》。什么样的帽子呢？王允从家里找出了一颗夜明珠，请了高手工匠做了一顶华贵漂亮的帽子，再把夜明珠镶嵌在帽子上。帽子做好，王允派人大张旗

司徒王允说貂蝉

鼓地给吕布送去。请注意，是派人，不是自己送去。这些细节的安排都是很有用心的。

吕布收到帽子，非常高兴。我们知道，吕布除了战斗指数最高以外，也是著名的帅哥，所谓"人中吕布，马中赤兔"。一般来说，帅哥都比较修边幅。吕布戴上这顶帽子，越端详越好看，于情于理，都应该过府回拜，于是吕布就来到了司徒府。到这儿我们就看清楚这顶帽子的作用了——鱼饵呀！鱼饵扔出去，吕布这条大鱼就上钩了。

善解人意王司徒

吕布见了王允，话说得很客气，很动听："哎呀司徒大人，想我吕布只是相府一员家将而已，司徒你是朝廷重臣。按理说，我给司徒送礼能够得着门槛就不错了，怎么还能劳动司徒屈尊降贵，反过来给我送这么珍贵的礼物呢？真是受之有愧，不敢当啊！"吕布这话说得很动听啊，但王允的话比他动听十倍。王允说："允非敬将军之位，乃敬将军之才耳！"这话厉害了！要论级别，将军你确实不高，只是副局级，我是副国级，不应该给你送礼。但是将军你是天下第一勇将，我敬重你的才华，敬重你是天下第一大英雄啊！

这话听在耳朵里，吕布还有不高兴的吗？三言两语之间，两个人俨然成了好朋友。王允趁热打铁："将军来一趟不容易，这就请在舍下用点便饭吧！"酒席之间气氛更加亲热，王允觉得可以推进下一步了，于是吩咐手下人："叫女儿出来！"

再次提醒大家注意，这五个字极其平常，但这是连环计的重中之重，非常关键的一个节点。现在王允对吕布表露的是貂蝉的真实身份，他也没瞒着吕布，貂蝉是养女，养女也是女儿，但下一次把貂蝉送给董卓的时候，貂蝉就不是女儿了，貂蝉这个身份的变化非常重要。为什么？我们后文细说。

貂蝉在那儿干吗呢？早按照这出戏的总导演王允先生的安排，收拾停当，在那儿候场呢！穿上最漂亮的衣服，用上最贵重的化妆品，把自己打扮得袅袅婷婷，风情万种，就等着这一声召唤。貂蝉出场，王允跟她介绍吕布："女儿呀，这位就是我常跟你说起的吕布将军，天下第一大英雄，以后我们王家的荣华富贵都得指靠着吕将军呐！现在吕将军和父亲我酒兴正浓，女儿，你的歌舞是天下一绝，为何不清歌一首，翩翩起舞，以助酒兴呢？"这话是给貂蝉说的，也是给吕布听的，深得一箭双雕、声东击西之妙。

貂蝉按照父亲的吩咐，清歌一曲，翩翩起舞，一双毛嘟噜的大眼睛冲吕布直飘，把吕布心里飘得乱七八糟。吕布的眼睛也直了，貂蝉转到哪儿，他的眼神就跟到哪儿。这些反应王允全都看在眼中，他知道，时机又成熟了，于是趁热打铁，干脆直接跟吕布提亲。这番话说得更妙了："将军啊！我这个小女养在家里头也十六七岁了，也没嫁个人，也没许配个婆家，都快变成剩女了……"这里我们加一个小注解：古人的婚恋年龄观跟现代人是很不一样的，我们现在女孩子十六七岁正是防备她早恋的时候，古代那就是"剩女"了——"为什么呢？这个女孩儿从小被我娇惯坏了，一跟她提亲她就讲条件，达官贵人不嫁，文人学士不嫁，王孙公子也不嫁。要嫁谁呢？一心想嫁个天下的大英雄。这大英雄我上哪儿给找去？所以就一直蹉跎到现在。将军你今天来得适逢其时，你正是小女理想中的大英雄，而我看你对小女好像也有几分意思，干脆，我把小女许配与将军做妾，将军意下如何？"现在吕布三十好几了，早有妻子在堂，貂蝉嫁给吕布只能是做妾了。

吕布听了这话，满心里是四个字——大喜过望。貂蝉从出场到唱歌跳舞这半个小时，吕布心里一直在合计着怎么找机会跟王允打听打听这事儿：这女孩子太美了，嫁没嫁人哪？如果没嫁人我行不行啊？还没找到合适的当口呢，结果人家王司徒善解人意，主动开口提亲，吕布还有个不愿意的吗？赶紧离席跪倒，口称"岳父大人"，这门亲事就算定下来了。

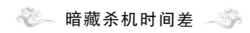

暗藏杀机时间差

注意！这里是定亲，从定亲到迎亲是有步骤、有程序的，是需要时间的。那么，王允接下来这一番话就是顺理成章的了："哎呀将军你能答应，那太好了，咱们从此是一家人了！但是我司徒嫁女，不能草率，将军你得回去做一些准备，比如说，回去翻翻黄历，选良辰，择吉日，挑个好日子、好时辰过府迎亲。当然了，操办婚礼还有很多事要做，比如说订酒店啊，发请柬啊，拍婚纱照啊，等等等等。我这边也不能赤手空拳就把女儿嫁出去，我还得备办一些嫁妆，准备好了我就送到将军府上去。"

　　这番话说得在情在理，自然而然，但这又到了连环计的一个关键节点，这里面暗藏杀机。我们要看到，王允在这番话里留下了一个非常重要的时间差——从定亲到迎亲，至少需要十天半个月的准备。王允要利用这个时间差干什么？要找机会再把貂蝉送给董卓。没有这个时间差，连环计就不可能向前推进。

　　再过几天，这个机会就出现了。王允上朝的时候，眼见吕布不在董卓身边，出面跟董卓讲："太师，今天我在寒舍略备薄酒，请太师过府一叙。"王允在说这话之前，就已经有几乎百分之百的把握，知道只要自己出面请董卓，董卓一定会来，就算取消原有的安排也会来。为什么呢？小说前面有背景的交代。现在董卓横行无忌，嚣张之极，但也不是没有反对派的。有一批文官站在董卓的对立面，其中的领袖就是王允。王允好几次坏了董卓的事，董卓也好几次想杀掉王允，但是李儒劝他："司空张温杀了也就杀了，司徒王允不能杀。这个人名声太大，名声太好，杀了他舆论对我们不利。"董卓对王允一方面恨之入骨，一方面又无可奈何，现在王允主动请太师过府一叙，那就意味着自己的头号政敌主动表现出和解意愿。这顿饭就不是普通的一顿饭，背后是附着了重大政治意义的。用我们现在的外交术语讲，董太师这趟王司徒府之行叫作"破冰之旅"。

董太师的"破冰之旅"

　　果然，董卓取消了原有的安排，兴致勃勃地来到司徒府。酒菜丰盛不在话下，王允又曲意逢迎，极尽阿谀谄媚之能事，说了一大堆董卓爱听的话。董卓心花怒放，也就多喝了几杯。王允一看，时机又成熟了，于是吩咐手下人："叫那个歌女貂蝉出来！"大家看，貂蝉身份变了，现在不是女儿了。貂蝉在那儿干吗呢？早按照总导演王允先生的安排，在那儿收拾停当候场呢！穿上比上次还漂亮的衣服，用上比上次还贵重的化妆品，袅袅婷婷，风情十万种，就等着这一声召唤。

貂蝉又一次出场，王允也变了一副居高临下的主人口气："貂蝉哪，我和太师饮酒作乐，甚是欢畅，你是职业歌女，professional，你给我们清歌一曲，翩翩起舞，以助酒兴吧！"貂蝉按照主人王允的吩咐，清歌一曲，翩翩起舞，董卓的眼睛也直了。这个地方小说处理得比较细腻，同样是喜欢上了貂蝉，上次吕布不敢公然宣之于口，因为毕竟和王允不太熟，而且王允地位比他高得多。但董卓不一样，他是王允的顶头上司，有心理优势，他就可以无所顾忌，公开表态。当然了，领导有领导的身份，人家董太师只说半句话，其他信息留给你自己琢磨去吧："此女真神仙中人也！"

王允当然闻弦歌而知雅意："哎呀！太师能垂青这个歌女，这是她几辈子都修不来的福分啊！我这就把此女送与太师，请太师笑纳！"董卓大喜，马上就答应了。注意王允的反应：这次王允没有那么啰嗦了，又是良辰吉日啊，又是嫁妆啊，都不提了，而是快刀斩乱麻，马上吩咐手下人："现在就把貂蝉装上车，拉到太师府上去！"为什么？身份不同了，上次送给吕布是女儿，自然要正式一些，以便留下宝贵的时间差；这次是歌女。古代达官贵人家里豢养一些歌女舞女，她们是没有独立人格的，是达官贵人的私人财产而已。王司徒送给董太师一个歌女，就相当于我们现在送给朋友一部手机、一条领带，意思是一样的，没有必要"整"那么多程序。于是，貂蝉马上被装上车，和董卓一起回了太师府。在这句话下面，毛宗岗加了一句很有意思的批语："女将军起兵去也。"我们知道，此前曹操纠集十八镇诸侯组成"多国部队"，没能打败董卓；"虎牢关三英战吕布"，也没能打败董卓，现在貂蝉一个娇滴滴的弱女子进了太师府，而董卓覆灭在即。这正显示出智慧的伟大力量。

王允送走了董卓，刚回到司徒府门口，迎面撞上怒气冲冲、快马赶来的吕布。吕布也有自己的情报网啊，听说太师今天到王司徒府赴宴去了，而且还带走一个美女，影影绰绰听说叫貂蝉，越听不准，就越慌神儿，于是飞快赶来，迎面碰上王允。吕布隔着老远，轻舒猿臂，一伸手，"砰"，抓住王允的衣服领子就给拽过来了："司徒啊，你这个事儿可办得太不讲究了！你前两天刚把貂蝉许配给我，我还在家里查黄历、订酒席，准备当新郎官呢！今天你怎么又把貂蝉送给我义父董太师了呢？你一女怎么能许两家呢？"

第六讲

连环计(中)：问世间情为何物，
能教父子反目

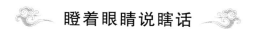
瞪着眼睛说瞎话

　　面对吕布气势汹汹的质问，王允回答他这一番话，用句成语来说叫作"巧舌如簧"，翻译过来就是"瞪着眼睛说瞎话"。王允说："将军你且放手，我给你解释一下是怎么回事儿。今天我正常上班，太师找到我，说司徒啊，听说你有一义女貂蝉要许配给我的义子吕布啊！这本来是件好事，但有一节，我这个干儿子吕布，那可是天下第一大英雄，你这个义女貂蝉到底配不配得上我这个义子呀？我这个当未来公公的得去相看一下这位未来的儿媳妇，如果我看了不满意，这门亲事就作罢论，你们谁答应都不行；如果我看了满意，那就由我主婚，亲手把貂蝉许配给吕布！将军你想，人家董太师要来相看未来的儿媳妇，这事儿我能拦着吗？于是太师就来了，一看貂蝉，非常满意，说：这就是我儿媳妇的最佳人选！于是太师就把貂蝉带回去了，要选个好日子，亲手把貂蝉许配给将军。今天就是这么回事儿！"

　　大家看看，这里边哪有一句是实话？完全是瞪着眼睛说瞎话，但是吕布信之不疑。吕布这个人我们屡次强调，三国时代第一勇将，战斗指数被设计得很高。如果说满分是一百，吕布的战斗指数大概是九十八、九十九，几乎满分，但智商被设定在三十分左右，严重不及格。听王允这一番话合情合理，吕布转怒为喜，赶紧松开手，跟王允道歉："啊呀司徒，布误信人言，多有冒犯。司徒这么一说，我就放心了。我接着回去订酒席、打电话、送请柬，准备当新郎官了。"吕布转身要走，王允还敲钉转角，又补说了一句话："将军，我这边给小女的嫁妆已经备办得差不多了，回头就命人送到将军府上去！"那就更加煞有介事了。

　　吕布高高兴兴回了家，踏踏实实睡了一夜，但第二天早上到太师府上班，发现情况不对了。董太师平时办公时间都很正常，八点准时上班，可今天八点多了没来，九点多了还没来，十一点多要下班吃午饭了，太师还没来。跟太师左右随从一打听，是不是太师感染风寒、身体不舒服了？人家说："没有，太师昨天娶新媳妇了。现在在房中拥着新人，高卧未起！"

玻璃心吕布

　　吕布一听这话，心里就"咯噔"一下子：根据我的情报，太师府最近没来别的美女呀，就是昨天带回来一个貂蝉啊！赶紧追问："新媳妇叫什么名字"？人家说："叫貂——蝉——。"听到

"貂蝉"这俩字的一瞬间，吕布这颗玻璃心"咔啦"，就碎成一千片了，晴天霹雳，心如刀绞啊！我义父董太师怎么可以如此禽兽不如?！貂蝉是你儿媳妇，是我媳妇儿啊！你怎么能给霸占了呢？从这一瞬间开始，吕布当然对董卓产生了强烈的不满和反感。但是还需要注意，他对董卓的反感是有一个逐渐增强的过程的。现在吕布是敢怒而不敢言，因为董卓对他有双重压力：一重是义父、义子的名分；另一重更重要，董卓是他的顶头上司大老板啊！他敢说别的吗？

双重压力之下，接下来二十多天、一个来月，吕布只能做一件事：那就是想方设法多找董太师汇报工作、汇报思想。为什么呀？因为貂蝉这段时间极得董卓宠爱，不光曲意逢迎，董卓偶感风寒，貂蝉衣不解带，尽心侍奉，无微不至。董卓长这么大就没有一个人像貂蝉一样对他这么好过，所以现在的貂蝉三千宠爱在一身，美貌的姬妾有很多，但是一时半会儿都离不了的就是貂蝉。貂蝉常常侍奉在董卓身后，吕布就有机会多看貂蝉一眼。请注意，连环计又到了一个关键节点：这是貂蝉、吕布、董卓第一次出现在同一空间。大家可能还记得我们前面提到的相声《批三国》里出现了三个数学家，其中美女数学家貂蝉是研究"三角"的。貂蝉最擅长处理这种三角关系了。

我们能想象，在这种情况下，貂蝉和吕布是不能有言语沟通的，但不要紧，传递信息不一定非说话不可，可以通过身体语言嘛！貂蝉只做了一个动作：每次看见吕布痴痴地盯着自己，而董卓又没看见自己，她就"低头做拭泪状"。这一个动作传递了万语千言，信息量太大啦！貂蝉在说什么呢？我们替貂蝉简单翻译一下：将军哪！我在董太师身边度日如年，生不如死，将军你救救我呀！吕布看懂了貂蝉的意思，本来那颗玻璃心就碎成一千片了，到这儿，"咔啦"，又碎成一万片了。

一哭二闹三上吊

貂蝉和吕布这么眉来眼去，时间长了，也有被董卓看见的时候。这里我们插一个小注解，我认为，这是貂蝉故意留下的一点破绽。貂蝉能不能做到不让董卓发现呢？应该能，但她故意让董卓看见一两次，目的是在董卓心里播下一颗怀疑的种子，遇到合适的土壤气候，这颗种子就会发芽的。总之，不管是有意还是无意，董卓看见过一两次，心里很不痛快，同时也觉得吕布这小子最近不大正常：之前也来找我汇报工作，一周来一趟，现在可倒好，一天来六趟；之前汇报工作，干脆利落，十分钟八分钟说完就走了，现在没话找话，在这儿磨烦一小时也不走，还跟我这个新媳妇满脸跑眉毛的。董卓干脆对吕布下了逐客令："奉先！无事且退！"——没什么事儿你别在这儿废话了，赶紧走吧！就把吕布给撵走了。

吕布没有机会看见貂蝉，悬念更甚，相思如焚。又过了些日子，赶上有一天，眼看董卓和皇帝谈一些军国大事，吕布找了个借口，从董卓身边跑出去了。快马来到太师府，告诉守门人："通禀貂蝉一声，就说我在后花园的凤仪亭等她，有要事相商。"

吕布赶到凤仪亭，眼看貂蝉没来，随手把方天画戟靠在凤仪亭的柱子上。没过几分钟，貂蝉从亭子那一边分花拂柳、袅袅婷婷过来了。貂蝉来到跟前，手撚花枝，朱唇轻启，娇滴滴地喊了两个字："奉先！"这俩字能量真是非同小可呀！吕布那是天下第一勇将，万马军中取上将首级如探囊取物，毫无惧色；虎牢关三英战吕布，一个人打刘关张哥仨，毫不在乎。现在被貂蝉这俩字"奉先"一叫，三百八十伏高压电"嗖——"地一下，从脑门一直通到脚后跟，浑身骨头都酥啦！

貂蝉叫了"奉先"这俩字，眼圈一红，扑簌簌泪如雨下，哭得如带雨梨花一般，楚楚可怜。好间谍都是好演员，貂蝉放到现在拿个金马奖完全没问题："将军啊，我终于见到你了！终于有几句心里话可以跟你说说了！我貂蝉自从谈婚论嫁以来，一心想嫁个天下最大的英雄，我义父王司徒知道我的心事，那天在宴会上把我许配给你，这就满足了我长时间的理想凤愿。这段时间里头，我貂蝉一直觉得自己是全宇宙最幸福的人，每天做梦都能乐出声儿来。没想到风云突变，你义父董太师假借将我嫁给你的名义，将妾身带回府中，强行霸占。我已经没有脸再嫁给将军了，但为什么我还一直隐忍苟活、不图个自尽呢？那就是因为我还没有见到将军一面，把我对将军的仰慕、爱慕都告诉将军你呀！现在我也见到将军了，该说的话都说了，我活在这个人世间也没有什么意义了！"

凤仪亭边上是一片荷花池，貂蝉说完这几句话，手攀栏杆，一个107B的动作，向前翻腾三周半屈体，就要往荷花池里跳。这一幕男性读者都会比较熟悉，因为你们常见；女性读者更熟悉，因为你们常用。这叫什么呀？一哭二闹三上吊，收服男人，百试不爽啊！

吕布眼看貂蝉要跳水自尽，能舍得吗？赶紧上去，把貂蝉从栏杆上抱下来，搂在怀中，着意慰抚，做了半天的思想工作。大意无非是：貂蝉啊，不能寻短见，你得相信我们两个最终还是能走到一起来的，不是有那么一句名言吗？"道路是曲折的，前途是光明的"，我们俩的前途也是光明的！总而言之，说了半个来小时，貂蝉终于暴雨转小雨，小雨转多云，多云转晴，破涕为笑。吕布一算，自己出来这时间可不短了，一两个小时了，于是跟貂蝉说："貂蝉啊，你先回去吧！我也得赶紧回去。我是从太师身边偷跑出来跟你私会的，如果太师发现，后果不堪设想！"

貂蝉本来已经让吕布哄好了，脸上绽放出灿烂的笑容，一听说吕布要走，貂蝉"唰"的一声，比刚才三倍地泪如雨下。这次为什么哭啊？人家貂蝉哭得很有道理："将军啊，你刚才说道路是曲折的，前途是光明的，我都相信你了。但是将军，你看看你，你对董太师畏之如虎，像老鼠见了猫一样，你刚才说的那些话都是骗我的！我活着哪还有什么意义呀？我以为将军是天下第一英雄，哪想到事到临头，竟为他人所制！"貂蝉说了这几句话，第二次手攀栏杆，加大难度，307C，反身翻腾三周半抱膝，就要往荷花池里跳。吕布一方面舍不得，同时也满面羞惭，赶紧把貂蝉抱下来，接着做貂蝉的思想工作。

貂蝉在干什么呢？我们都非常清楚，她的这些做作只有一个目的，就是要拖住吕布的脚步，等待董卓和吕布发生正面冲突。这个机会千载难逢，不能造成正面冲突，连环计的成色势必大打折扣。

父子之情完全归零

貂蝉之前在董卓心里播下的怀疑的种子现在起了作用。董卓在那边找吕布，怎么找也找不着，问谁谁也不知道吕布哪儿去了。董卓联想起这小子这段时间以来的反常表现，不由得心慌，赶紧辞别了皇帝，快马加鞭，回到太师府。到门口一问："吕布来没来？""来了。""现在何处？""凤仪亭。"董卓加快脚步，赶往凤仪亭，刚拐过月亮门，距离凤仪亭还有二三百米，远远看见亭子的正中心，吕布搂着貂蝉"喁喁低语，状甚亲热"。

董卓怒从心头起，恶向胆边生，大喝一声："贼子敢尔！"——注意董卓的称呼，之前董卓对吕布尽心笼络，一口一个"儿子"，一口一个"奉先"，现在气往上撞，变成"贼子"了。这个称呼的出现，意味着董卓和吕布的关系出现阶段性退化。吕布回头一看，坏了！怕谁来谁就来！吕布是大将之材，反应奇快，他本能的反应——撒腿就跑！董卓赶到凤仪亭，一看吕布已经跑出去好几十米了。左看右看，也没有什么可以解恨的趁手家伙，一回头，见吕布的方天画戟靠在凤仪亭的柱子上——吕布跑得着急，没来得及拿。董卓绰起方天画戟，冲着吕布的背影，像扔标枪一样，"唰"地扔过去了。这就是回目中所谓"董太师大闹凤仪亭"。方天画戟掷出去，意味着董卓吕布的关系又一次出现阶段性退化，两人之前辛辛苦苦培养起来的一点"父子之情"至此完全归零，化为乌有。

吕布听风辨器，躲过方天画戟，一转弯，绕过那边的月亮门，跑得无影无踪。董卓怒气不息，紧紧追赶。等他拐过月亮门，没看见吕布，迎面急匆匆跑来一个人，正好和董卓撞了个满怀，把董卓撞得一屁股坐在地上。

凤仪亭吕布戏貂蝉

第七讲

连环计(下):杀干爹"专家"

李儒的国学课

撞上董卓这个人正是他的第一智囊李儒。李儒赶紧把董卓扶起来:"哎呀太师,死罪死罪,把您撞得不轻啊!"接下来一句赶紧问:"太师,咱们怎么能杀吕布呢?吕布是咱们的擎天白玉柱,架海紫金梁啊!杀了吕布,咱们这个江山还要不要呢?"董卓也很纳闷:你这消息怎么这么快呀?正发生的事儿你怎么知道的?李儒说:"刚才撞上太师之前我碰上吕布了,飞快从我身边跑过,比刘翔跑得还快,一边跑一边说:'李儒你救救我,太师要杀我',我还没来得及问怎么回事,他已经跑远了。"董卓坐在假山石上喘了半天粗气:"这个贼子!胆敢调戏我最宠爱的新媳妇,我跟这小子没完,明天我就宰了他!"

李儒听董卓一说前因后果,都明白了:"太师请少安毋躁,冷静一下,我给你上一堂国学课吧!"李儒真的给董卓上了一堂国学课,讲了一个历史故事,叫作"绝缨之会"。春秋时期,五霸争雄，南方的霸主叫作楚庄王。有一天，楚庄王大宴群臣，心情大好，于是派了最美貌、自己最宠爱的许姬给群臣行酒。酒倒到一半，一阵大风吹来，把蜡烛都吹灭了，黑暗之中，许姬又哭又叫："大王，黑暗中有人调戏我非礼我。此人肯定是一员武将，因为他戴着头盔，我把他的盔缨给拽掉了。请大王严查此人，给我出这口恶气！"楚庄王沉吟片刻，下令暂缓点烛，说："这是酒后失德，谁都避免不了的。此事我不想追究，所有武将把头上的盔缨都摘掉吧，我们继续饮酒！"

宴会散后，楚庄王也没有追查这个武将。七年以后，郑楚两国交战。楚庄王被郑国大军围困在重围，千钧一发之际，一名叫作蒋雄的将领舍生忘死，把楚庄王救出重围[①]。到了安全地带，楚庄王还没表扬这位蒋雄，蒋雄主动向楚庄王坦白认罪："大王，我就是当年酒后失德、宴会上调戏许姬的人。本来以为自己必死无疑，想不到大王你如此宽宏大量，非但不追究我，还命令别的武将把盔缨摘掉，保全了我的体面。从那一天开始，我就已经下了决心，这条性命赴汤蹈火，任凭大王所命！"李儒说："太师，我这堂国学课什么意思你听明白了吧？这不就是爱江山还是爱美人的问题吗？现在吕布喜欢貂蝉，太师何不把貂蝉赐给吕布？那吕布不就成了故事中的蒋雄了吗？他死心塌地为太师所用，我们的天下不就固若金汤了吗？太师当年收降吕布的时候，舍得赤兔马，名马舍得，美人有什么舍不得的呢？"

应该说，李儒这堂国学课水平还是不错的，故事精短，说理透彻，董卓也不是蠢人，坐在那儿琢磨了一会儿："李儒，你说得

---

① 《三国志演义》中称此人为蒋雄，有的文献作"唐狡"，亦作"唐狻"。

很对，江山美人选一个，我当然还是选江山。好吧！明天上午我就宣布，把貂蝉赐给吕布！"连环计到这儿走到了一个明显的低谷，李儒差一点就全盘破坏了整个计划。

<h2 style="text-align:center">何谓"杰出"女间谍</h2>

董卓跟李儒拿定主意，回来见到貂蝉，满脸不悦之色："貂蝉！你与吕布私通多久啦？刚才是怎么回事？给我如实讲来！"面对董卓气势汹汹的质问，貂蝉回答的一番话用个成语来表达叫作"巧舌如簧"，大家还记得翻译过来的意思，就是"瞪着眼睛说瞎话"，真是深得她义父王允的真传哪："太师，刚才妾身正在凤仪亭看荷花，我也不知吕布那贼子隐身何处，突然出来搂抱妾身，要强行非礼。我想，我是太师的人啊，怎可被这贼子玷污？想跳荷花池自杀，以全清白，对得起太师，但吕布力大无穷，妾身急切间不能挣脱，幸好太师及时赶到，才把妾身救了下来。"大家看，哪有一句实话？也是瞪着眼睛说瞎话。

董卓听在耳朵里，半信半疑，但也不想过分追究了，已经下了决心，第二天就要把貂蝉赐给吕布了嘛！于是，董卓接着貂蝉的话茬儿说："既然吕布喜欢你，明天我就把你赐给吕布，你意下如何？"小说原文四个字："貂蝉大惊。"貂蝉是双面女间谍，因为间谍工作的需要，之前的喜怒哀乐悲恐惊都是做作出来的，但这个"大惊"是真的。貂蝉没想到董卓真的动了这个念头，把自己赐给吕布，自己一个弱女子，又不能反抗。这样的话，连环计已经成功了百分之八十，但最终还是功亏一篑！

我们为什么说貂蝉是"中国古代杰出女间谍"呢？"杰出"二字体现在什么地方？这就像杰出演员一样：导演给个剧本，正常演下来，那只是普通演员；杰出演员要随机应变，有自己的即兴发挥。貂蝉就是这样的"杰出"间谍，应变能力极强。她四下看看，现在在屋子里，没有荷花池供自己跳水了，但是，董卓腰间有一口佩剑。貂蝉抢上两步，"仓啷"一声，佩剑出鞘，横在自己脖子上了："太师，你容我说几句心里话。我貂蝉是个身份低贱的歌女，跟太师比，一个在天上，一个在泥里，但是因缘际会，我家主人王司徒将我送与太师。尽管我没什么名分，但是这么长时间以来，我貂蝉侍奉的是天下最有权力的人、最伟大的人、天下第一大英雄。我觉得自己是全宇宙最幸福的人，做梦都能笑出声儿来……"大家看这两句话眼熟，二十分钟前刚跟吕布说完，一个字没改又送给董卓了："可是没想到，太师想把我赐给门下的奴才！这对我貂蝉是极大的侮辱，我一介弱女子，没什么本事，就是有几分烈性，我是宁死不辱！太师如果不肯收回成命，我这就自刎在太师面前，以明心迹！"说完这几句话，手里假装就要使劲儿。董卓在一边越听越心疼，越看越喜欢，赶紧抢上前去把貂蝉抱住，宝剑抢下来一扔，说了三个字："吾戏汝！"——我跟你开玩笑的，千万别当真！就这样，董卓泰山一般压到貂蝉顶门的压力，被貂蝉用太极手法，四两拨千斤，给轻松化解掉了。

你老婆怎么不嫁给吕布

第二天上午，太师府召开办公会。李儒一直等着董太师颁布命令，把貂蝉赐给吕布。八点半，太师没说；九点半，没说；到十一点半，该下班了，还是没说。李儒实在等不了了，主动站出来暗示董太师："太师，咱俩昨天商量那事怎么样了？"你看李儒惦记一宿，人家董卓把这事都忘了："昨天咱俩商量什么事了？""就是把貂蝉赐给吕布那件事啊！""哦——这事不行！我身边的美女要多少有多少，吕布喜欢谁我都可以给他，唯独一个人——貂蝉不行。这是我心头第一等要紧人，片刻离她不得！"

现在轮到李儒"大惊"了：昨天说得好好的，怎么今天又变卦了呢？赶紧又给董太师摆事实，讲道理，上国学课，磨烦了半个小时，最后终于把董太师给讲烦了："李儒你闭嘴！此事不要再提了！你老婆怎么不嫁给吕布啊？"

大家知道，我在复述这个故事的时候加了很多自己的话，但是特别提醒，这句话不是我加的，小说原文是："汝妻如何不赐予吕布耶"，我不过是翻译了一下而已。话说到这个份儿上，那就说绝了。李儒哑口无言，出了董太师的办公室，仰天长叹："不久之后，我们必死于妇人女子之手！"应该说，李儒的智商还是不错的，他在不知道来龙去脉的情况下，对这个事情的危机、风险预判得相当精准，只是站在他的立场上，他没有办法力挽狂澜。

如果连环计这出大戏有进度条的话，那么，现在进度条已经走到百分之九十了，女一号貂蝉也出色地完成了自己的所有戏份。还剩下最后百分之十，要由这出戏的总导演兼主要男配角王允自己来完成。

最后百分之十

王允紧急请吕布过府议事，见到吕布以后，这番话讲得实在太妙了。我们可以看看王允的心思精密到什么程度，他要先找个借口把自己择出来。什么事情需要择出来呢？大家可能想到了，王允在连环计推进的这段时间里，从来就没露过面、说过话，王允需要先解释这件事儿："将军，自从那天府门口分别，我就感染风寒，卧床经月，跟外面信息隔绝"。这一句就解释清楚了，把自己择出来了——"这几天身体好些，起来走动走动，我才听说出了这么大的事儿啊！原来董太师没把貂蝉许配于你，而是自己把貂蝉霸占了啊！将军你知道吗？现在京城里的人都在背后指指点点，耻笑我们两个呀！我俩一个是貂蝉的父亲，一个是貂蝉的未婚夫嘛！人家耻笑我王允，我没办法，一介书生，手无缚鸡之力，但将军你不同啊！你是天下第一大英雄，被人家如此耻笑，我替将军觉得不值啊！"

这一段话太厉害了！自从那天在凤仪亭被董卓掷了一方天画戟之后，吕布就一直有一团怒火在脑门附近转悠，现在听说京城上上下下都在笑话自己，那团怒火把整个后脑勺都烧着了。吕布拍案大叫："我与老贼势不两立，不杀此贼，誓不为人！"王允再向吕布申明大义，进一步坚定吕布的信心，到了这个地步，连环计在策略层面百分之百都成功了。

接下来就是如何执行刺杀董卓的计划，尽管比连环计要简单，王允也还是玩了一点手段的。他给董卓送了一个假消息，说皇帝搭建了一座受禅台，某年月日举行禅让仪式，要正式把皇位让给董卓——这是他之前亲近董卓埋下的另一个伏笔，可见请董太师吃饭也是一箭双雕——董卓非常高兴，按照王允所说的时间、地点来到受禅台下。到了这儿没看见皇帝，只有吕布二目怒睁，手持方天画戟，站在马头之前。我们这位董太师也是心宽，也忘了上次拿方天画戟掷人家吕布那事儿了，还是很亲热地称呼："奉先吾儿，来此何事啊？"此前吕布不知叫了多少声"父亲"、多少声"太师"，现在只剩下冷冷的一句话："奉天子诏讨贼！"话音未落，手起一戟，把董卓从前心通到后背，当场刺杀于马下。

杀干爹"专家"

情节发展到这儿我们可以做一个小结：《三国志演义》里边有一个杀干爹的专家，那就是吕布。吕布已经不是第一次杀干爹了，他在小说里出场的时候，并不是董卓的手下，也不是董卓的干儿子，而是荆州刺史丁原的手下、丁原的干儿子①。因为贪图

---

① 有学者辨析，此处罗贯中有误，"荆州"应为"并州"，甚是。

富贵，杀了第一个干爹丁原，拜了董卓当干爹，到这儿又把这位干爹给杀了。光有这两次能不能称得上"杀干爹"专家呢？大家如果细读书，还会发现第三次。

那就是吕布大结局"白门楼"的时候。曹操攻打徐州，把吕布生擒活捉，五花大绑押上白门楼。吕布向曹操叩头乞命，这番话也说得非常动人："丞相，你把我打败了，我也看清楚了，你就是天下最有智谋的人，而我吕布是天下第一勇将，咱俩一智一勇，天下无人能敌，咱俩要是联手，那整个天下不就攥在我们手心里了吗？如果丞相不嫌弃，我吕布愿意鞍前马后，为丞相效死力……"

我们都应该明白这样一个道理：在人生的很多关键节点上，你多说一句话跟少说一句话，结果是完全不一样的。有的时候人生成功就成功在一句话上，砸锅也砸锅在一句话上。我说这些是什么意思啊？吕布本来说到刚才那里正好，但他不应该多加了一句话——"我愿意拜丞相当干爹"。这句话一说，事情就完全变了！

听到前面那些话，曹操有没有动心呢？不可能不动心。曹操爱才如命，吕布这样的勇将天下就一个，谁能不想要呢？听到这最后一句话，曹操犹豫了。但还是有点舍不得，找个人咨询一下吧！当时正好刘备在曹操那儿作客，曹操回头问："玄德，吕布想拜我当干爹，你觉得这事儿可行吗？"刘备一句话："丞相独不记得丁原、董卓之事尔？"——那两干爹都让他杀了，这干儿子你敢收吗？曹操恍然大悟："好！把吕布拉下去，缢死在白门楼！"这就是吕布的大结局，第三次想拜干爹没拜成。如果拜成了，将来杀不杀曹操呢？我们分析，可能性在百分之九十以上，这个"杀干爹专家"就更加名副其实了。

借这个机会我们也顺便总结一下吕布这个人物。我们对吕布的印象还是比较深的，他身上有不少优点：天下第一勇将、人长得比较帅、性情直爽、不大有城府……这都是优点，但是吕布有一个致命的缺点。书中有个吕布的老乡叫李肃，对吕布知根知底，他给吕布下了八个字的评语："有勇无谋，见利忘义。"吕布一辈子没有逃出这八个字。我们细分析一下，其实 "有勇无谋"不算大毛病，武将一般都是有勇而无谋的，但 "见利忘义"是大问题。吕布这个人最大的缺点就在于信奉 "有奶便是娘"的生存哲学，只要见了利益，就把道义扔在脑后，做人没有基本的原则和品格。三国时代，群雄逐鹿，吕布起点很高，有一度也是实力很强的，但最后非但没能做成优秀、强大、持久的事业，反而被缢死在白门楼，成为当时后世的笑柄，他的失败其实是做人的失败。吕布的大结局，用现在时髦的网络词语来说，那是 "No Zuo No Die"的必然结果。这是我们在 "连环计"末尾要特地提醒的、值得汲取的一点教训。

第八讲

成也贾诩,败也贾诩

王允的低级错误

王允以自己的高妙智慧强力扭转了历史的发展方向,击溃了不可一世的董卓。按照正常的逻辑,王允应该接替董卓成为又一代最高权力控制者。以王允的人品、能力和心术,大汉天下说不定还有若干年的气数可以延长,但是,历史常常不是按照逻辑向前发展的。真正接替了董卓地位的不是王允,而是董卓的两大部将李傕和郭汜。这个转折又是怎么发生的呢?

我们在前面翻用过一句名言,现在我们再把它反过来说:"一个人一辈子做一件聪明事并不难,难的是只做聪明事不做蠢事",这话送给王允正合适。在"连环计"这场大戏中,王允算无遗策,运筹帷幄,完全可以列入"三国智慧人物排行榜"的前几名,但是一个人是很难一辈子都做聪明事的,王允在下一件事上面就犯下了低级错误,干了蠢事——那就是如何处置董卓余部的问题。

　　董卓被除掉了，但他在西凉还有一支庞大的军队，由李傕、郭汜统领。处置方案其实很简单，也是二选一：一个是剿，也就是武力征服；一个是抚，也就是招安改编。当时东汉小朝廷已经风雨飘摇，而且李傕、郭汜也有一定程度的投诚意愿，应该选择招安才对，但是王允错误地选择了前者，这个错误的最终后果是要了他的命。

　　李傕、郭汜也是没见过什么大世面的土军阀，听说朝廷调集大军攻打自己，第一个本能反应就是：赶紧交出印信，脱下战袍，化装成老百姓，亡命天涯。如果他们真这么做了，王允的计划就成功了，而且是上上大吉，这叫作"不战而屈人之兵"。但是很遗憾，李傕、郭汜手下也有谋士，这些谋士也不都是草包，而且他们运气还不错，赶上了三国时代智商最高的人之一在他们手下当谋士，这个人就是名不见经传的小配角贾诩。

如流星划过天空

　　贾诩在小说中一共出场只不过七八次而已，是个比"死跑龙套的"稍微体面一点的小配角，但他却是《三国志演义》中为数极少的一辈子只做聪明事而不做蠢事的人，给人出谋划策从来没有失手过，成功率是百分之百。如果各位读者有兴趣重看《三国志演义》的话，我建议大家多关注一下这个小配角，我们在后文还会详尽分析。

现在贾诩是李傕、郭汜的谋士，食人之禄，忠人之事，关键时刻自然要挺身而出，他讲了这么一番话：

> 诸君若弃军单行，则一亭长能缚君矣。不若诱集陕人，并本部军马，杀入长安，与董卓报仇。事济，奉朝廷以正天下；若其不胜，走亦未迟[1]。

贾诩说："你们两位如果丢弃军队，化装逃跑，请问你们能跑到哪儿去？你们跑得了初一，跑不了十五，用不了多久，一个村长带几个基干民兵都能把你们捉拿归案。应该怎么做呢？借着为董太师报仇的名义，杀上都城。如果赢了，天下就是我们的；输了再逃跑也不晚啊！"李傕、郭汜听了贾诩的话，挥师杀上京城。小朝廷风雨飘摇，根本禁不住这些虎狼之师的蹂躏。李傕、郭汜攻占京城，第一件事就杀掉了力主剿灭他们的王允。于是，王允成了一颗流星一般划过历史天空的短暂的过渡型人物，没有能够在政治舞台上发挥更大的作用。

现在皇帝又在李傕、郭汜手里面过日子了，他们写好职衔，呈报皇帝，勒要官品，皇帝只得封李傕为车骑将军、池阳侯，领司隶校尉，假节钺；郭汜为后将军、美阳侯，假节钺，同秉朝政。这就从董卓过渡到了李傕、郭汜，完成了又一次权力交接。在这个过程中，贾诩的几句话起了非常关键的作用，搅起了万丈波澜。

---

① 第九回《除暴凶吕布助司徒　犯长安李傕听贾诩》。

所以毛宗岗也感慨道："长安城血雨腥风，起于辩士三寸舌端，可不畏哉！"他是站在政治道德立场上说"可不畏哉"，如果去除这些因素，也可以说，贾诩用他智慧的大脑在改变历史发展的方向。

李傕、郭汜凭借贾诩一席话获得了现在的局面，可以说"成也贾诩"，当然后边还埋着半句话，"败也贾诩"。他们对贾诩的价值缺乏充分认识，不仅逐渐疏远贾诩，而且最后出现了尖锐对立的态势。贾诩意识到在这两个喜怒无常的军阀手下连人身安全都得不到保障的时候，终于在一个月黑风高之夜，单枪匹马回了西凉。贾诩一走，李傕、郭汜没有了主心骨，失去了智囊，就开始连番地犯下各种低级错误，内讧、自相残杀，互相大幅度削弱实力。趁着这样的良好契机，又一代权力军事集团在北方地区迅速崛起，那就是第四代、也是最后一代最高权力控制者——我们最为熟悉的曹操。

三国时代三大战役

曹操利用李傕、郭汜的矛盾，分而治之，各个击破，除掉了他们，自己当上了大汉丞相，奉行"挟天子以令诸侯"的正确政治策略，使自己的实力迅速膨胀坐大。其实当时的汉朝皇帝，既是傀儡，又是包袱，不管跑到哪个割据势力那儿，人家都不愿意要。因为皇帝来了以后，你听他的，做很多事情都掣肘；不听他的，自己又可能背上乱臣贼子的罪名。但是曹操别具慧眼，看中了皇帝身上具有的政治潜力，只要"挟天子"，就可以"令诸侯"，而且师出有名，堂堂正正。这是曹操比别人都高明的地方。但是在膨胀坐大的过程中，曹操也越来越清晰地认识到一个问题：自己早晚要和比自己更强大的一个军事集团决一死战，这场决战不仅在当时决定着中国的政治布局，也在未来深刻影响到了中国的前途和命运。这个决战的对手就是袁绍，这场决战就是三国时代三大战役之首的官渡之战。

为什么要提出一个"三国时代三大战役"的说法呢？从军事史的角度来看，《三国志演义》也是一部小型百科全书，其中写到的大大小小战争、战役有四百七十多场，但其中有三场战役是决定性的、具有转折意义的。第一场就是官渡之战，决定中国当时最发达繁荣的北方地区的归属；第二场是大家更熟悉的赤壁之战，决定曹操能否消灭孙刘联军，进一步统一南部中国；第三场是刘备、孙权之间的夷陵之战，决定刘备能否消灭孙权，跟曹操中分天下。三场战役发生以后，三国鼎立的局面就正式稳固形成了，所以我们提出一个"三大战役"的概念。

作为"三大战役"之首的官渡之战，一方面，它是继"连环计"之后又一个体现三国智慧的精彩个案，另一方面，它的智慧元素的含量比"连环计"有过之而无不及。在官渡之战中，我们会体会到政治、军事、外交、言语、领导、决策等多维度、多层次的智慧闪光，很值得详细品味寻绎。

 **文章能治偏头疼**

官渡之战，我们从战前局势说起，很简单的四个字："袁强曹弱。"这个判断是不出我们意料的，古今中外所有经典战例都是以弱胜强的结果。你本身就很强，打败了弱者，这有什么可"经典"的呢？"袁强曹弱"这四个字我们很熟悉，问题是袁到底怎么强？曹到底怎么弱？我们继续向下分解，可以得出四项指标。

前两项是显性指标，也就是数字的对比，一眼就能看清楚谁强谁弱。第一项，双方在官渡之战投入的总兵力的对比。曹操投入多少兵力呢？七万。袁绍投入多少呢？还是这个数字，后面多了一个零，七十万。双方总兵力对比是一比十，相差非常悬殊。第二项，双方占有的地盘面积之比。当时北方地区一共有五州，袁绍实际控制四州，曹操实际控制一州，地盘之比是一比四①。

后面两项是隐性指标，也就是需要经过一定的分析归纳才能看清楚的强弱对比。第一项隐性指标：双方在舆论支持、人心向背方面的强弱对比。不管是手握重权的各路诸侯，还是事不关己的底层大众，大家其实都看好袁绍，站在袁绍一边的。为什么袁绍会占据压倒性的"软实力"优势呢？我考虑有两个原因：第一，袁绍很强，大家都乐意把宝压在强者一边；第二个原因也很

---

① 真实历史上官渡之战的实力对比并非如此悬殊，这里不作烦琐考证，仅依据小说家言。

重要——袁绍的出身比曹操高贵。东汉时期有一种浓烈的社会氛围，特别看重人物的门阀出身。谁出身高贵，谁就更容易赢得大家的好感和支持。袁绍什么出身呢？有道是"四世三公"。司徒、司空、司马，这么高级别的官职，人家老袁家四代人里出了五位，普天下手握重权的各路诸侯一大半是他家的门生故吏。如此家世显赫，当然深孚众望。

曹操什么出身呢？跟我们普通人比可能还好一点，跟袁绍比那就相差太多了。要谈曹操的出身，我们或许要从大家读书的时候会有的一个疑问说起：曹操为什么会有两姓的兄弟呢？曹操姓曹，他和曹仁、曹洪都是本家兄弟，这很正常，但回过头来，他跟夏侯惇、夏侯渊说："咱们也是本家兄弟。"这就说明曹操不姓曹，本姓夏侯，他父亲叫夏侯嵩，过继给宦官曹腾为养子，所以曹操跟着父亲改姓的曹。曹操的出身就清楚了：宦官的养子的后代！这个出身，不用说放在特别看重门阀的汉朝，就是放在唐宋元明清，乃至放在今天，那也一定是官场中议论纷纷的一个话柄。所以我们看到，但凡有人攻击曹操，总是第一个拿他的出身说事儿，哪壶不开提哪壶嘛！

最典型的一个案例就发生在官渡之战之前，袁绍手下有位大文人、秘书长叫作陈琳，他为袁绍起草讨伐曹操的檄文，开篇没几句，第一次写到曹操就是："操赘阉遗丑。"什么叫"赘阉遗丑"？直译过来就是：没有阉割干净的那个宦官的养子的后代。所以我们常说，文人不能得罪，他们骂人不光恶毒，还精炼，这四个字骂了曹操三辈人，连他自己，带他爸爸、爷爷都骂进去了。

当时这篇檄文四处张贴，手下人抄来给他读的时候，曹操在干吗呢？正患严重的偏头疼，古语叫作"头风"，药石无灵，打针吃药全都不好使疼得死去活来。曹操忍着剧痛说："既然抄来了，你们就读吧！"读到"赘阉遗丑"这四个字，曹操脑门上"唰"地出了一层冷汗，没想到这话骂我这么狠毒。从这儿开始，"堂堂堂"一篇檄文读完，曹操全身出了一场透汗，从床上蹦起来，偏头疼就好了。这是历史上为数不多的文章能治病的事例，后来留下一个典故，叫作"愈头风"①。

官渡之战结束之后，陈琳在乱军中被生擒活捉，带到曹操面前。我们能想象，曹操看见陈琳，脸色一定是相当不好看的："陈琳哪！你给袁绍当秘书，我不怪你；你当秘书，写文章要骂我，我也不怪你，但是你不应该开篇就写'赘阉遗丑'这四个字啊！我爸爸、我爷爷也没得罪你，怎么连他们也骂进去了呀！"陈琳回答了一句千古名言，我们现在还在用，那就是"箭在弦上，不得不发"。曹操左右很多人劝他杀掉陈琳，但曹操最终还是爱惜陈琳的才华，当然，也感谢陈琳给自己治好了偏头疼，于是留下陈琳没杀。陈琳由南入北，成为汉末文坛重要群体"建安七子"当中的领袖人物之一。在这一点上，作为政治领袖的曹操，他的襟怀、气量还是很值得后人钦佩的。

最后一项指标，双方后勤保障能力的对比。不管是冷兵器时代，还是现代化立体作战，乃至到了电子战、信息战时代，后勤保障始终都是决定战争胜负的核心因素之一。有个例子可以帮助我们认识这一点。据说二战后期，一伙德军攻占了一处美军后勤基地，在缴获物资中发现了一块当天从美国空运过来的生日蛋

---

① 举几例：刘禹锡《赠元九侍御文石枕以诗奖之》："纵使凉飙生旦夕，犹堪拂拭愈头风"。陆游《头风戏作》："只道有诗驱疟鬼，谁知无檄愈头风"。曹贞吉《沁园春·读子厚新词却寄》："我赋三章，为君七发，得愈头风或有之"。

87

糕。这份情报送到希特勒手里，希特勒一声哀叹："这场战争我们输定了！"一块生日蛋糕能看出一场世界大战的胜负，可见后勤供应保障在战争中占有多么重要的地位。

从后勤保障指标来看，袁绍也比曹操强得太多了。双方决战的前线在官渡，袁绍的后勤供应总站在距离官渡四十里的乌巢，也就是说，袁绍后勤供应线的长度是四十华里，各种作战物资非常容易运到前线，而且袁绍有四州之财赋，后勤物资储备比较充足。曹操的后勤供应总站在距离官渡三百里路的许都，供应线的长度已经是袁绍的七八倍，而且他只有一州之财赋，后勤物资比较匮乏。

这成了制约曹操在前期取得战争胜利的最大的瓶颈。直接表现就是：双方进入战争状态一个月左右，刚刚开始相持阶段，曹操军队中粮食就已经供应不上了。军中无粮，不战自乱，曹操当然心急如焚，赶紧写好了亲笔信，让人赶往后方，紧急催运粮草。送信人没走出去多远，就被袁绍手下军士抓获，送到袁绍的心腹谋士许攸许子远的面前。从这一刻开始，这个名不见经传的小人物许攸就成了决定战争胜负的最关键因素。

曹操会兵击袁术

第九讲

官渡之战(上):叛徒许攸

三条道上跑的车

曹操在官渡之战最危急的时候曾经萌生退意,因此咨询荀彧的看法。荀彧回了一封非常重要的信,建议曹操坚守以待变,不可退兵:

> 承尊命,使决进退之疑。愚以袁绍悉众聚于官渡,欲与明公决胜负,公以至弱当至强,若不能制,必为所乘,是天下之大机也。绍军虽众,而不能用;以公之神武明哲,何向而不济!今军实虽少,未若楚、汉在荥阳、成皋间也。公今画地而守,扼其喉而使不能进,情见势竭,必将有变。此用奇之时,断不可失,惟明公裁察焉①。

① 第三十回《战官渡本初败绩劫乌巢孟德烧粮》。

曹操采纳了荀彧的建议，真的等来了最大的变数——许攸。跟何进一样，许攸也有两重身份：一重显性身份，他是袁绍的重要谋士；还有一重隐性身份，他和曹操是小时候的同学。什么时候的同学？是幼儿园，还是小学几年级？文献上没有记载，这重身份现在也没有用，但很快就有大用了。

　　作为袁绍的谋士，许攸无意中截获了曹操军中的绝密情报，大喜过望，带着这封亲笔信，带着自己拟定好的作战计划书紧急求见袁绍，建议他今天晚上就对曹操发动总攻：曹操的底细我们已经摸清楚了，今晚突击曹操，就可以把敌人一举击溃，把曹操一战成擒。到底下不下达总攻命令呢？拿着这两份机密文件分析来分析去，袁绍犹犹豫豫，迟迟没能下定决心。在这一点上，荀彧对袁绍下过一个判断，也是很精准的。他说袁绍"多谋少断"，主意不少，但关键时刻缺乏拍板的魄力。有的时候，历史就会在我们犹豫的那一小会儿里出现变数，甚至完全扭转发展方向。就在袁绍犹豫的这一段时间里，又有一份机密文件送到袁绍的办公桌上。谁写来的呢？袁绍留守后方的另外一位心腹谋士审配。

　　审配和许攸地位相仿，但一向不睦，矛盾颇深，现在许攸在前方随袁绍打仗，审配就在后方给许攸射冷箭、使绊子、写告状信。袁绍拆开一看，正是一封告状信，信上写得很清楚：许攸的儿子和侄子在后方横行不法，草菅人命，开车把人撞死了，还说我爸是许攸。现在我已经把许攸的子侄收入大牢，特地禀报主公，请重责许攸教子不严之罪。

　　现在袁绍办公桌上摆着三份机密函件，他要依据这三份文件提供的信息做出一个正确的决策。袁绍做出正确决策的前提是什么呢？我认为前提是：袁绍必须认识到，现在自己眼前摆着的是三件事儿，是三条道上跑的车，要把这三件事儿摘开了，分清楚，才能做出正确决策。哪三件事儿呢？许攸的儿子和侄子是第一件事儿；许攸本人是第二件事儿；许攸的计策是第三件事儿。我的意思是说：你可以处置许攸的儿子和侄子，也可以处置许攸本人，但是不能连累到许攸的计策。他的计策是可用的！

　　但这是我们这样想，袁绍的智商不允许他这样考虑问题。这跟之前的何进一样，每到历史的转折关头，低智商就会跳出来，阻碍他们做出正确的决定。袁绍没能把这几件事儿分开，而是掺和到一块儿来考虑，所以他勃然大怒，拍案大骂许攸："滥行匹夫！你连自己的儿子和侄子都管不好，还有什么脸面到我这儿来献计？给我滚！"三把两把，把许攸的作战计划书撕了个粉碎，把许攸乱棒打出了中军大帐。大家听听，袁绍这个火其实发得一点逻辑都没有，儿子侄子管不好跟给你献一条好计策，这是两码事，怎么能掺和到一起来说呢？

　　许攸出了帐篷，仰天长叹："忠言逆耳，竖子不足与谋！吾子侄已遭审配之害，吾何颜复见冀州之人乎！"拔出佩剑就要自杀。我们知道，这是古代小说里常见的小悬念。左右抢下许攸的宝剑："许先生，万万不可行此短见！袁绍不纳直言，后必为曹操所擒。公既与曹公有旧，何不弃暗投明？"评书里有一句套子话，叫作"一言点醒梦中人"。许攸恍然大悟，连夜离开袁绍大营，前来投奔曹操。

撒谎也得靠点谱

三更时分，许攸来到曹操大营之前，请哨兵通禀："故人许攸许子远求见。"曹操已经睡着了，但听到禀报说许攸来了，曹操什么反应呢？他从被窝里"噌"的一下跳起来，拔腿就跑，一溜烟儿地跑到大营前面来迎接许攸。因为跑得着急，连外衣都没穿，只穿了睡衣；连鞋都没穿，光着脚跑过来迎接许攸。见到许攸以后，曹操"纳头便拜"，给许攸磕了好几个响头。这个举动很出乎许攸的意料。曹操是什么身份？大汉丞相！自己是什么身份？没有官职，没有功名，一介布衣啊！居然见面行这么重的礼，这跟袁绍形成的对比实在是太鲜明了！

许攸内心温暖之余，也得把曹操扶起来说几句客气话："哎呀曹公，你是当今丞相，我是一介草民，怎么可以用这个礼数呢？真是不敢当啊！"曹操的话说得极其动听："我们是老同学呀！论老同学的情分，见了面就应该是这个礼数，哪能当了丞相就不认识老同学了呢？"（曹操原话是"岂敢以官爵相上下乎？"）许攸听了更加感动，进一步坚定了帮助曹操打败袁绍的决心。

曹操亲亲热热挽着许攸的手进了中军大帐，分宾主落座。曹操也开门见山："子远此来，必有教我破袁之策。"许攸说："有，但我还不忙着说。我想先告诫丞相一句话：现在敌强我弱，以弱旅抗强敌，还跟人家打持久战，这是取死之道！只有一种情况能取胜，丞相你的粮草储备非常丰富，能守得住，等待敌人露出破

93

绽，抓住战机才可以反败为胜。我先请问丞相你一个问题，你军中还有多少粮食？能坚持多久呢？你先告诉我我就告诉你怎么打败袁绍！"

许攸没有回答曹操的问题，反而扔回去一个非常尖锐的问题。曹操一听此言，面露为难之色："子远，你看看你，你怎么能一上来就问我这么尖锐的问题呢？这是我军中绝密，全军上下包括我在内不超过五个人知道真实情况，我怎么能随意告诉别人呢？但话说回来，你不是'别人'啊，咱俩是老同学呀！别人我都不信任，老同学我能不信任吗？子远，我告诉你实话，军中粮食已经不多了，收拾收拾，满打满算……"曹操伸出一根手指："还够支持一年的吧！"曹操在前边铺垫得很长、很真诚，但最后告诉许攸还有一年之粮。

许攸哈哈大笑："丞相，你撒谎也得靠点谱吧！你怎么可能有一年之粮呢？我给你个机会，你重说吧！"曹操见许攸不信，脸上表情更加尴尬了："子远哪，你不信就对了，我确实没跟你说实话。为什么呢？你毕竟是从袁绍那边过来的嘛！我哪能一点儿提防之心都没有呢？现在你不信我，我觉得你这人可信，可以跟你说实话。我确实没有一年之粮，收拾收拾，满打满算，也就够吃半年的吧！"打了个五折，从一年变成半年了。

如此试探为哪般

许攸听了这话，怫然作色，站起来转身要走："丞相，我看出

来了，你是不打算跟我说实话了，我也不是非投奔你不可。我这
就找别人去，告辞！"曹操赶紧抢上两步，把许攸拽回来，摁在座
位上坐下："哎呀子远，不要动怒嘛！你看你这一生气要走，我发
现你这人可信。现在我要告诉你实话了，我也没有半年之粮，军
中之粮满打满算，收拾收拾，尚可支持三个月！"又打了个五折，
降到三个月了。

　　这次许攸没生气，被曹操给气乐了。他说："人说孟德奸雄，
果不其然！这都三次了，还没说到实话呢！丞相，我还是不信！"
许攸三次不信，那就彻底把曹操逼进死胡同了，他只好赌咒发
誓地跟许攸"说实话"："子远，这事儿你不能怪我，这句话说出
去，事关我全军上下几万人马之生死啊！现在我告诉你真话，但是
天知地知，你知我知，话不能传六耳。子远你附耳过来，我小声儿
跟你说！"曹操趴在许攸耳边，鬼鬼祟祟、神秘兮兮地说："子远，
粮食真的已经不多了，满打满算，收拾收拾，只够支持一个月的
啦！"——到了这个份儿上，曹操还是咬紧牙关说有一个月的粮食！

　　许攸说："丞相，你也别小声说了，我替你大声说得了——
军中已无粮矣！"曹操大惊失色，他没想到许攸真的知道了这个
情况，最可怕的还不是许攸知道，而是许攸知道，袁绍就知道
了，那可就太危险了！曹操赶紧追问许攸："子远，你怎么知道
的？"许攸说："这还不简单吗？"从怀里把那封信掏出来："丞相，
看看是不是你亲笔写的，这封信已经被我截获。刚才我带着这封
信求见袁绍，建议他今天晚上就发动总攻。袁绍不听，还打了我
一顿军棍，我才来的这儿……"把刚才的情况跟曹操说了一遍，
曹操抹了一把冷汗："幸亏袁绍没听你的，否则我就看不见明天
的太阳啦！"

在这儿我们可以暂停一下，做一个注解：为什么我把许攸、曹操见面的场景讲得这么详细呢？每一句台词、每一个动作、每一个回合，你进我退，你攻我守都讲出来？他们两个在干什么呢？大家应该考虑到一个问题：现在是双方在前线作战的敏感危急时刻，曹操、许攸互相都怀有比较大的戒心，特别是曹操对许攸。别看曹操那么殷勤热情，外衣都不穿，光着脚迎接许攸，他虽然有"救命稻草来了"的直觉，但还是充满警惕戒备的。这种情况下，许攸如果一上来就把击败袁绍的计划和盘托出，请问曹操敢用吗？计划能够得到实施吗?，所以，双方一个回合一个回合地你来我往，你进我退，他们其实是在建构初步的信任基础。尽管只是初步的，并不完整，但没有这个信任基础，谈任何正经事都是没有意义的。

叛徒的作用

现在双方达成了初步的信任，可以谈击败袁绍的计划了。许攸说："很简单啊！为什么我一直盯着丞相你问粮食的事情呢？粮食乃三军之命脉，你现在没有粮，心急如焚，那为什么不去袭击袁绍的屯粮之所乌巢呢？我们把乌巢的粮食一把火烧光，再捎带手抢回一些粮食，那不就变成敌军无粮而我军有粮了吗？这仗不就好打了吗？"

许攸给曹操出了一个袭击乌巢的主意，本以为曹操听了会笑逐颜开。结果抬头一看，曹操面沉似水，脸上一点笑纹儿都没有。曹操说："子远，你说这些都是废话！我行军打仗数十年，身经百战，我不知道打仗要袭击别人的粮食吗？但是你看看我，我有这个实力袭击人家的粮食吗？从这里到乌巢，四十里路，袁绍重兵布防，我这几万人马打不到乌巢就打光了！就算侥幸打到乌巢又怎么样？袁绍深知乌巢的重要性，委派大将淳于琼镇守，此人文武双全，很有本事，我就是打到乌巢，我也烧不着人家的粮食啊！"

许攸笑了："丞相，你说得一点都不错，你的确打不了乌巢，那是昨天；今天我来了，明天你就可以攻打乌巢，要不叛徒的作用体现在哪儿呢？要想袭击乌巢，我送你八个字：只可智取，不必力敌！怎么个智取法儿？我们就从乌巢守将淳于琼身上做文章。这个人确实文武双全，很有本事，但他有一个缺点你们不知道，我是叛徒，我知道。什么呀？好酒如命！淳于琼每天晚上都把自己喝得酩酊大醉，乌巢的防守白天没有问题，前半夜也没问题，但后半夜是守卫最空虚的时候。对他这个毛病，袁绍也不大放心。我们合计了好几次了，想派一员老成持重的大将蒋奇到乌巢增援淳于琼，因为战事紧急，现在蒋奇还没派出来呢！

"我们就要利用这个时间差，明天装备一支部队，不用几万人，五千人足矣！但要做点儿伪装，穿上袁绍部队的盔甲，打上袁绍部队的旗号，只要路上遇到盘问，我们就说奉袁将军之命，大将蒋奇赶往乌巢的护粮部队。对方问暗号、口令、密码，我全知道，全对得上！兵不血刃，轻骑突袭，四十里路，那还不好走吗？"

我们看到，许攸也是一波三折，最终把奇袭乌巢的计划和盘托出，告诉了曹操。现在曹操面对的局面和几个小时以前的袁绍是一样的：作战计划有了，能不能做出正确的、有利于自己的决策呢？

第十讲

官渡之战(中):曹操的"连环计"

毕竟一句是真话

曹操也没有拍脑袋就决策,而是安顿好许攸以后,召集手下重要官员召开紧急军事会议。注意"安顿好许攸"这句话:许攸没有参加这个会议。一方面,曹操并没有完全信任他;另一方面,许攸在场有些话大家不方便说。这是曹操非常精细的地方。

会议两项议题:第一,打不打乌巢;第二,谁去打乌巢,怎么打乌巢。关于第一个议题,曹操手下百分之九十以上的重要官员都持鲜明的反对态度,大家的理由也很充分:"丞相,许攸这个人不可信任啊!你别以为他是你老同学,你就信任他,他现在是袁绍的谋士,如果他奉袁绍之命前来诈降,敌人在乌巢埋伏重兵,我们这支部队不就被敌人包了饺子了吗?"

面对如此一边倒的反对声音,作为最高统帅的曹操要做的第一件事就是把大家的思想认识统一到自己的频道上面来,用现在的话说,就是要树立"大局意识,看齐意识,核心意识",但他没有靠权力来压服手下，而是讲了一番简洁但很有说服力的话："各位的顾虑很有道理，许攸确实有可能是来诈降的，我也没有完全相信许攸，但如果说许攸诈降，他刚才跟我说了一千句话，有九百九十九句话都是假的，毕竟还得剩下一句话是真的。哪句话？'敌强我弱，以弱旅抗强敌，还跟人家打持久战，这是取死之道'，这句话是真的呀！我们现在是什么局势？弹尽粮绝，四面合围，只有死马当作活马医，奇袭乌巢，才是唯一的逃出生天之路，也是唯一的取胜之机！"

曹操这一番话高屋建瓴，确实抓住了问题的要害，大家被说服了，第一项议题通过。但谁去奇袭乌巢呢？手下很多官员自告奋勇："丞相，我们替你去打乌巢！如果中了敌人的埋伏，我们和五千人牺牲了，无关大局，不会伤筋动骨，丞相你是三军主帅，你不能轻身犯险！"曹操又一次拒绝了大家的好意："不行，明天的乌巢之战我必须亲临前线指挥。为什么？这一战生死存亡，战场上战机瞬息万变，需要临机决断，你们各位替我做不了这个主啊！"两件事计议停当，第二天准备了一天，天色一黑，这支伪装好的假的袁绍部队就向乌巢进发了。

从官渡到乌巢，四十里路的行军过程其实也是验证许攸情报是否准确的过程。果然，路上遇到袁绍军队盘查，口令、密码、暗号都对得上，说明许攸提供的这条情报是对的。半夜时分赶到乌巢，许攸提供的另一条情报也是对的，淳于琼确实又喝得烂醉如泥，不能组织起有效的抵抗。五千人乘虚而入，五千支火把就把袁绍的粮食烧着了。

死蒋奇骗活袁绍

　　《三国演义》第三十回回目叫作"劫乌巢孟德烧粮",是不是把袁绍的粮食烧着了就大功告成了呢?没有那么简单。我们要考虑到一个重要的技术性问题:乌巢屯放的是袁绍七十万大军使用的粮草,用现在的度量单位来说,至少有几千吨,甚至上万吨。你是把粮食烧着了,如果袁绍救援及时,只烧掉他一少部分,那就不会对敌人造成致命威胁,也就没有达到自己的战略目的。所以,粮食烧着了只是第一步,怎样能拖延时间,把粮食踏踏实实都烧光,才是最难做到的事情,这也是曹操非要亲临前线指挥的原因。

　　曹操表现出了很高的军事指挥水准,他没有像那些平庸的指挥官那样下令凯旋,而是下令向袁绍大本营方向运动。为什么?曹操说得很清楚:这是乌巢和袁绍大本营之间的一条咽喉要道,如果袁绍派兵增援,一定会走这条路,我们碰得上,可以解决问题。

　　不出曹操所料,袁绍在那边已经收到了消息:乌巢方向有火光,有浓烟。袁绍心慌意乱,赶紧调派大将蒋奇率一万精兵,火速增援乌巢。这就出现了一个小小的戏剧性场面:袁绍派来的是真蒋奇,曹操冒充的是假蒋奇,真假蒋奇在这条咽喉要道上走了个碰头。蒋奇看见对面来了一支部队,自己这一方的盔甲旗号,完全没有防备,派人去问:"你们是哪位将军的部下?"对面回答:

"镇守乌巢的淳于琼将军部下！曹操偷袭乌巢，我们正要禀报主公，请他派兵增援。"蒋奇说："那不用了，我们就是增援部队！你们编入我的部队，咱们一起杀回乌巢吧！"

冷兵器时代就有这个问题，没有网络，没有报纸，没有新闻联播什么的，信息沟通不畅，其实双方对话的时候，曹操就站在蒋奇对面，距离他一步之遥，蒋奇眼睁睁不认识曹操；张辽、许褚等一批名将都在队伍里头，蒋奇一个也不认识。编队过程中，张辽大喝一声："蒋奇休走！"蒋奇措手不及，被张辽一刀斩于马下。这支一万人的增援部队全部被瓦解，没能起到任何作用。

到了这儿是不是就大功告成了呢？还没有！袁绍有七十万军队，如果没有收到让他安心的消息，他继续派增援部队，你还能用同样办法解决吗？一定走这条路吗？那都不好说了。所以，曹操又使出了自己"连环计"的第三招。没有人说曹操在官渡之战用了"连环计"，但实际上，这就是一个环环相扣的"连环计"，现在扣到了第三环。毛宗岗在批语中已经总结了"连环三击"的步骤：第一，以假蒋奇骗真袁绍；第二，用假蒋奇骗真蒋奇；第三，拿死蒋奇骗活袁绍，很简洁，也很俏皮。

曹操派了蒋奇手下投降过来的人回去给袁绍送了一条假情报："奉蒋奇将军之命回禀主公，偷袭乌巢的只是曹操的小股部队，已经被我们杀散了。现在蒋奇将军正在救火，乌巢已经安全了，请主公高枕无忧！"袁绍听了非常高兴，抱着枕头回家睡觉去了。第二天，真实消息传来：乌巢的粮食已经全部被烧光，那真是悔之不及、救之已晚。

现在的情况是：袁绍军队虽多，但军中无粮，军心大乱；曹操军队虽少，但乌巢战胜，士气大振。曹操转守为攻，袁绍屡战屡败，曹操最终以敌人十分之一的兵力、四分之一的地盘、人心向背、后勤保障等方面的绝对弱势，以弱胜强，打赢了这场关键性战役。乌巢之战是整个官渡之战的转折点，把乌巢之战说清楚了，后半部分就没必要再啰嗦了。

骂不过，就动刀

在我们讲到的官渡之战这一部分，大家也许已经体会到了我们前面所说的，其中充满了政治、军事、外交、言语、领导、决策等多重智慧元素的光芒，但我们还需要继续讲两个小花絮，从而对官渡之战进行更加宏观、深入的观察。

第一个花絮，官渡之战的第一功臣许攸之死。说许攸是第一功臣，我们应该都没有什么争议。许攸自己也知道这一点，曹操也知道这一点，全军上下每个人都知道这一点。"都知道"的结果是什么？许攸开始变得得意忘形，自我膨胀，做事情失去了起码的体统和分寸。在什么地方能看出这一点呢？

当曹操彻底打败袁绍、接收袁绍总司令部的时候，在庄严的入城仪式上，当着曹操所有手下的面儿，许攸拍着曹操的肩膀说，拍着肩膀已经很不得体了，说的话就更讨厌——"阿瞒！没有我，你能有今天吗？你能来到此地吗？""阿瞒"是曹操的小名，这小名是不能登大雅之堂的。在我们东北农村过去有这样的说法，给孩子起小名要起得土一点、贱一点，据说这样孩子命硬，好养活，所以东北孩子的小名一般都是二狗子、三胖子之类，很难听的，"阿瞒"也没好听到哪儿去。许攸有没有资格叫曹操的小名呢？那倒是有。他和曹操是小时候的同学呀，上幼儿园、上小学的时候谁不喊个小名、外号什么的呀？既然如此，什么地方不对呢？

场合不对！老同学多年不见，小酒馆里喝到酒酣耳热，喊个小名、喊个外号都没什么，不管对方有多大的身家、多高的官职，都不算过分。为什么？私密场合嘛！但现在许攸是当着曹操所有手下的面儿拍着肩膀叫阿瞒，那就相当于什么呢？相当于我们在某地，某某盛会正在召开，所有领导前排就座，电视台全程直播。结果主席台底下上来一位，喊着领导的小名儿说："咱俩是老同学呀！"一打听，是不是老同学呢？还真是。那你也不能当着那么多人的面儿去叫吧？许攸就是犯了这个忌讳。

问题是，曹操能怎么反应呢？人家许攸是自己的第一功臣，甚至可以说是自己的救命恩人，你总不能因为人家称呼有一点不得体、礼貌有一点不周到，就跟人家翻脸吧？那也太没风度、太忘恩负义了吧？曹操只好忍住内心的不快，干笑了两声，说："子远，你说的很对呀！如果没有你，哪有我曹操的今天哪！"其实是打了个哈哈，把这事儿圆场圆过去了。

曹操的这种默许更进一步助长了许攸的嚣张气焰。没过几天，许攸骑着马在这附近转悠，迎面遇到了自己本家的一员武将许褚。许褚我们还是印象比较深的，曾经与马超大战数百回合不分胜负，军中号为"虎痴"，的确是一员虎将。许攸许褚，一文一武，见了面三句话说得不对牌，吵起来了。要论打仗杀人，许褚是行家；要论吵架骂人，许攸是行家。文人嘛，嘴荏子比较厉害，劈头盖脸把许褚大骂了一顿，骂得相当刻毒："许褚！你，连同你们这一批武将，都是雀鼠之辈！没有我给丞相出主意打赢这场官渡之战，你们现在早做了无头之鬼，死了尸首埋在哪儿都不知道！"确实骂得刻毒啊！许褚嘴笨，也骂不过许攸，一激动，大刀一横，"咔"，把许攸给杀了！武将做事就是简洁明快，嘴上说不过你，就拿刀子说话。

许褚一时冲动杀了许攸，也知道自己惹了祸，提着许攸的脑袋来向曹操汇报："丞相，对不住，许攸骂我，我骂不过他，我就给他杀了。"曹操什么反应呢？书中写了两句话："重责许褚，下令厚葬许攸。"怎么个"重责"法儿呢？书里没详细说，但我们猜想曹操可能真的发脾气了，也拍了桌子了："许褚你太不像话了！许攸是我们的第一功臣，我们尊敬还来不及呢，你怎么能一时冲动、一言不合就给杀了呢？太不像话了——下不为例吧，扣发仨月奖金！"我的意思是说，所谓"重责"，其实是高高提起，轻轻放下，没拿许褚怎么样。厚葬许攸，那是给别人看的。就凭许攸如此得意忘形、自我膨胀，就凭小说里刻画的曹操的奸雄心术，我们可以想象，今天许褚不杀许攸，改天曹操也得杀许攸，只不过是亲手杀还是借刀杀人的区别而已。

我们讲这个花絮，一方面是因为它很有戏剧性，另外，我们也可以在领导科学层面做一点归纳总结。我们绝大多数人都有自己的领导，如何做好一个领导的下属呢？原则有很多，NO. 1——别像许攸这样就行。

第十一讲

官渡之战(下):曹强袁弱

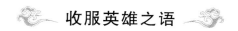

收服英雄之语

第二个花絮,我们还想仔细说一说曹强袁弱。前面我们很详细地分析了袁强曹弱的各种因素,为什么曹操最终以绝对弱势逆袭成功、咸鱼翻身呢?难道是侥幸吗?袁绍的失败难道是偶然吗?这里头一定有曹操特别强、袁绍特别弱的地方,最核心的一点就是智慧水平、领导艺术。我们可以从这些方面做一些对比,那就能很清晰地看到:曹操的胜利绝非偶然,而袁绍的失败实属注定。

先看看曹操对待敌人的胸怀和气度。乌巢之战期间,袁绍手下两员大将张郃、高览受到谋士郭图陷害,走投无路,只能率领本部兵马,往曹操寨中投降。曹操爱将夏侯惇指出:"张、高二人来降,未知虚实",但曹操很有信心,他说:"吾以恩遇之,虽有异心,亦可变矣。"于是大开营门,命二人入。曹操的致辞非常精彩,他说:"若使袁绍肯从二将军之言,不至有败。今二将军肯来相投,如微子去殷,韩信归汉也",这是收服英雄之语,两个典故用得极为恰当。曹操既收伏其心，又饵以重爵，封张郃为偏将军、都亭侯，高览为偏将军、东莱侯。二人大喜，从此以后忠心耿耿为曹操所用。高览牺牲得比较早，张郃则成为曹操、曹丕、曹睿三代人得力的先锋大将，为曹氏江山立下了数不清的汗马功劳。能收服敌人，而且能发挥其最大潜力，为我所用。事实上，比张郃、高览重要得多的大将张辽、徐晃先前也都是曹操的敌人，就连对曹操满怀成见的毛宗岗老先生都禁不住夸奖他："曹操见才便爱，安得不成大业①?"袁绍哪有这样的眼光、气度和胸怀！

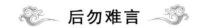 后勿难言

至于对待自己手下，袁绍、曹操的差别就更大了。我们再来看官渡之战的一个细节：

> 操获全胜，将所得金宝缎匹，给赏军士。于图书中检出书信一束，皆许都及军中诸人与绍暗通之书。左右曰："可逐一点对姓名，收而杀之。"操曰："当绍之强，孤亦不能自保，况他人乎?"遂命尽焚之，更不再问。

---

① 第十四回《曹孟德移驾幸许都　吕奉先乘夜袭徐郡》。

身为曹操手下，写给袁绍暗通之书，这是什么行为？在企业界，这叫作"跳槽"，在政界，这叫作"背叛"。不管是黑社会还是白社会，不管是政治领袖还是龙头老大，最不能容忍的就是这种背叛，但是曹操可以容忍。他把这些暗通之书"尽焚之，更不再问"，试问，如果你是曹操手下，而你写了这些书信，又看到曹操如此处置，你会怎么评估这位领袖呢？如果你是曹操手下，没写这些书信，你又会怎么评估这位领袖呢？我相信，曹操的这个举动，会最大限度地赢得手下的尊重和爱戴。

曹操对手下人的襟怀之宽、气量之大绝不止这一次，我们看第三十三回《曹丕乘乱纳甄氏　郭嘉遗计定辽东》的一段：

> 时天气寒且旱，二百里无水，军又乏粮，杀马为食，凿地三四十丈，方得水。操回至易州，重赏先曾谏者，因谓众将曰："孤前者乘危远征，侥幸成功。虽得胜，天所佑也，不可以为法。诸君之谏，乃万安之计，是以相赏。后勿难言。"

请注意"后勿难言"四个字，曹操明明按自己的方案作战险胜，但他重赏那些反对自己方案的谋士，因为他们所说是"万安之计"，而且特地强调，以后有什么想法一定要说出来，别藏在肚子里。这样的胸襟实不多见！

这是战胜了赏赐手下，还有战败了赏赐手下的时候。第四十回《蔡夫人议献荆州　诸葛亮火烧新野》：

郭嘉遗计定辽东

却说夏侯惇败回许昌，自缚见曹操，伏地请死。操释之。惇曰："惇遭诸葛亮诡计，用火攻破我军。"操曰："汝自幼用兵，岂不知狭处须防火攻？"惇曰："李典、于禁曾言及此，悔之不及！"操乃赏二人。

如此赏罚分明，"安得不成大业"！不仅能听得进去不同意见，而且鼓励大家给出不同意见，这是所有成就大事业者的共同亮点。像袁绍一样压制言论、忠言逆耳、自以为是、一意孤行，那是所有失败者的共同标签，只能成为历史老人嘲笑的对象。

田丰只错一件事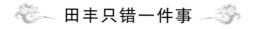

我们看看袁绍是怎么对待自己手下的。袁绍手下谋士众多，杰出者也很不少，其中最杰出的一个当数田丰。但这次官渡之战，田丰没有来到前线。因为田丰很有预见性地指出官渡之战有可能失败，袁绍不爱听，把田丰关在监狱里，留下话："等我打赢了曹操，回来再跟你算账！"结果自己打了败仗：

绍于帐中闻远远有哭声，遂私往听之。却是败军相

聚，诉说丧兄失弟，弃伴亡亲之苦，各各捶胸大哭，皆
曰："若听田丰之言，我等怎遭此祸！"绍大悔曰："吾不
听田丰之言，兵败将亡；今回去，有何面目见之耶！"

说到这些话的时候，袁绍是一种什么心情呢？回去后又会怎
么对待田丰呢？最起码的做法应该是：把田丰从监狱释放，跟他
道歉："田先生啊，你果然有先见之明，这次对不住啦，以后你的
金玉良言有一句我听一句！"大概袁绍此时也是这么想的吧？但
这种心情只维持了一天：

次日，上马正行间，逢纪引军来接。绍对逢纪曰：
"吾不听田丰之言，致有此败。吾今归去，羞见此人。"
逢纪因谮曰："丰在狱中闻主公兵败，抚掌大笑曰：果不
出吾之料！"袁绍大怒曰："竖儒怎敢笑我！我必杀之！"
遂命使者赍宝剑先往冀州狱中杀田丰。

袁绍手下谋士不和，互相拆台，内耗严重，这是个死结。
审配、许攸如此，逢纪、田丰也是如此。逢纪听说袁绍有可能
重用田丰，当场就不乐意了：你重用田丰，那我怎么办呢？马
上跟进一番谗言，导致袁绍的心情发生了一百八十度的大转
弯，不仅要杀田丰，而且急不可待，刻不容缓，命使者先回去
杀田丰。

田丰当时在冀州坐牢，他的死也有一点戏剧性：

　　却说田丰在狱中，一日，狱吏来见丰曰："与别驾贺喜！"丰曰："何喜可贺？"狱吏曰："袁将军大败而回，君必见重矣。"丰笑曰："吾今死矣！"狱吏问曰："人皆为君喜，君何言死也？"丰曰："袁将军外宽而内忌，不念忠诚。若胜而喜，犹能赦我；今战败则羞，吾不望生矣。"狱吏未信。忽使者赍剑至，传袁绍命，欲取田丰之首，狱吏方惊。丰曰："吾固知必死也。"狱吏皆流泪。丰曰："大丈夫生于天地间，不识其主而事之，是无智也！今日受死，夫何足惜！"乃自刎于狱中。

　　田丰的智商其实够高的，平生只做错了一件事，就是选择了袁绍。像袁绍这样的人，就算凭借祖宗余荫、一时声望，暂且获得了优势，他能守持得住、把握得住吗？面对曹操，他怎么可能不失败呢？就在这种智慧、胸襟、气量等极其悬殊对比的情况下，袁绍一败于官渡，再败于仓亭，终于走上了绝路：

　　袁绍闻袁尚败回，又受了一惊，旧病复发，吐血数斗……翻身大叫一声，又吐血斗余而死。后人有诗曰："累世公卿立大名，少年意气自纵横。空招俊杰三千客，漫有英雄百万兵。羊质虎皮功不就，凤毛鸡胆事难成。

马大勇心解《三国演义》

更怜一种伤心处，家难徒延两弟兄。"

《三国演义》里好的诗词都是抄别人的，比如开篇词《临江仙》是抄杨慎的，"五丈原"悼念诸葛亮的《蜀相》是抄杜甫的，"三分归一统"的《西塞山怀古》是抄刘禹锡的，罗贯中自己写的诗大都不算好，但在这里写给袁绍的"盖棺定论诗"还是很不错的，特别是"羊质虎皮功不就，凤毛鸡胆事难成"两句，讽刺得相当辛辣。我们反思官渡之战，当然不能只看"袁强曹弱"，更应该多想想"曹强袁弱"，这对我们的"三国智慧"主题是一个极其有力的证明。

第十二讲

谁推倒了蜀国灭亡的
多米诺骨牌

徐庶说话不算数

在上文中，我们用了十讲左右的篇幅回顾了汉末最高权力转移交接的过程，其实这个过程只覆盖了全书前三十回，也就是四分之一左右的内容。事实上，《三国演义》从第一回到第一百二十回，诸如后半部分的"六出祁山"，诸葛亮与司马懿斗智；九伐中原，姜维与邓艾、钟会斗智；"降孙皓三分归一统"之前，陆抗与羊祜斗智。可以说，小说中无处不闪烁着智慧应有的光芒。我们再盘点一个小型个案，那就是刘备军事集团的兴起、隆盛、衰落与灭亡的过程。

从"宴桃园豪杰三结义"开始，刘备手下就有一批杰出的武将。赵云、关羽、张飞，三国武将排行榜前几名，所谓"一吕二赵三典韦，四关五马六张飞"，刘备自己就占了一半左右。可是，光有优秀的武将还远远不够，没有智慧的大脑之调遣，刘备只能从失败走向失败，打了半辈子败仗。直到有一个化名单福的人来给他当军师，这才稍微见了一点起色，打了几场小胜仗。单福的真名叫作徐庶，称得上一流的高智商人物，但有一点没有考虑周全。他给刘备当军师，老母亲被曹操劫夺过去当了人质，为尽孝道，徐庶只好告别刘备进了曹营，临行前给刘备许下诺言，此去终生不为曹操设一策，所以民间有歇后语云："徐庶进曹营——一言不发。"其实我们细看小说，徐庶并没有完全兑现自己的诺言。赤壁之战的时候，他和庞统共同出主意让曹操用铁链子把船给拴起来——拴起来烧着方便，哪艘船都跑不了嘛！徐庶一辈子给曹操出了一个主意，是个馊主意，那是为了报复曹操的。

这一回书叫作《元直走马荐诸葛》。徐庶临走，刘备非常舍不得，甚至有"吾欲尽伐此处树木，因阻吾望徐元直之目也"这样的话。结果徐庶没走多远，马头一转，又回来了。刘备又惊又喜，赶紧迎上前去："难道先生不走了吗？"徐庶说："不是，刚才忘了一件重要的事情……"就这样，徐庶向刘备推荐了诸葛亮，这才有"三顾茅庐"的佳话，诸葛亮在草庐中勾画了未来三分天下的蓝图和愿景。从此以后，刘备才真正有了起色：联吴抗曹，打赢了赤壁之战，占据荆州，进取西川，建立了蜀国政权，与曹操、孙权鼎足而三。

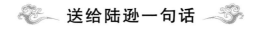

送给陆逊一句话

但问题是：按照正常的历史逻辑，蜀国应该国运最长、最晚灭亡？为什么？天时地利人和，蜀国占了"地利"二字。到了大唐朝，李白尚且在诗中感慨"蜀道之难难于上青天"，这里到处都是天险，一夫当关万夫莫开，只要你守得住，一定国运长久，可是为什么它最早灭亡、国运最短呢？谁推倒了蜀国提前灭亡的多米诺骨牌呢？推倒第一块骨牌的是关羽，有关情况我们在前文已经说过，这里要补充的是，刘备是如何推倒第二块骨牌的。

关羽被孙权杀害之后，刘备哭了个死去活来，宁可皇帝不当，也要为关羽报仇。关于这个问题，易中天先生在《品三国》里分析得很精到：兄弟情深是真的，但更主要的目的是出于战略考虑，要夺回荆州这块最重要的根据地。总之，刘备尽起精锐之兵，总计七十余万，气势汹汹，摆出不灭吴国终不还的架势。大兵压境，敌强我弱，在这样的关键时刻，孙权表现出了优异的智慧水平和高超的领导艺术。

他接受阚泽的建议，破格任用了年纪轻轻、德望不足以服众的白面书生陆逊。陆逊智谋深广，不仅和周瑜后先辉映，而且足以与诸葛亮、司马懿等超一流人物相匹敌，这个人才的大胆启用是孙权获胜的最关键一步棋。现在的困难是：在诸多老成宿将心气骄横、轻视陆逊的情况下，如何建立起陆逊的威望，以实现军事指挥的绝对畅通？为此，作为最高统帅的孙权做了三件事：第一，搭建拜将高台，以最隆重的仪式赋予陆逊兵符令箭，确认他的最高指挥权；第二，格外授予陆逊尚方宝剑，给他先斩后奏、独断专行之权；第三，送给陆逊一句话，这句话产生的能量绝不亚于前两件事。孙权说，从今天开始，"阃以内，孤制之；阃以外，将军制之"。阃，就是王宫大门的意思，孙权这话是说：我作为吴王，只管王宫这一点地盘；王宫之外的千里江山，我都托付给将军你了！

一方面，这句话对陆逊产生了巨大的激励作用；更重要的是，孙权知道自己的短处，并没有强行介入军事指挥，而是放手让陆逊发挥他的特长。这体现了一位成熟领导人的高度自律、自知与自信。我们在现实中常常见到这样的"一把手"，自己有了权力，就"十项全能"，甚至"百项全能""千项全能"，明明是外行，也偏要指手画脚，事必躬亲，什么领域自己都去指导。那是远不如孙权明智的。

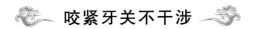

咬紧牙关不干涉

带着孙权的信任与嘱托，陆逊走马上任。面对手下将领一浪高过一浪的决战请求，陆逊一概不准，要求深沟高垒，固守待变。将领们瞧不起他的懦弱，不肯奉命，于是出现了下面这样一幕：

> 陆逊传下号令，教诸将各处关防，牢守隘口，不许轻敌。众皆笑其懦，不肯坚守。次日，陆逊升帐唤诸将曰："吾钦承王命，总督诸军，昨已三令五申，令汝等各处坚守；俱不遵吾令，何也？"韩当曰："吾自从孙将军平定江南，经数百战；其余诸将，或从讨逆将军，或从当今大王，皆披坚执锐，出生入死之士。今主上命公为

大都督，令退蜀兵，宜早定计，调拨军马，分头征进，以图大事；乃只令坚守勿战，岂欲待天自杀贼耶？吾非贪生怕死之人，奈何使吾等堕其锐气？"于是帐下诸将，皆应声而言曰："韩将军之言是也。吾等情愿决一死战！"陆逊听毕，掣剑在手，厉声曰："仆虽一介书生，今蒙主上托以重任者，以吾有尺寸可取，能忍辱负重故也。汝等只各守隘口，牢把险要，不许妄动，如违令者皆斩！"众皆愤愤而退①。

　　众将愤愤而退，退下去也没闲着。干吗呢？给孙权写告状信。具体写了多少，书中没有记载，反正孙权那儿整整收到一大木箱。大家可以想一想，如果你是孙权，接到老资格将领的这么多告状信，心里会不会动摇呢？很有可能动摇。我觉得孙权其实也很"动摇"，但考虑到用人不疑的原则，孙权还是咬紧牙关，没有说一句话、一个字干扰到陆逊的军事指挥。这是很难做到的。

　　解放战争中，解放军以弱胜强，最终战胜了国民党军队。从军事指挥层面上讲，蒋介石与毛泽东的差距确实是比较大的。他一向喜欢越级直接指挥，在蒋身边负责作战事务的国防部三厅厅长郭汝瑰几十年后回忆说，由于当时通信不发达，战场情况千变万化，蒋虽是根据前方的报告做指示，下达命令，可是命令下来，情况已经变化，而军师长因怕受军法审判，有时明知蒋的指令有错也执行。白崇禧当时就批评道，蒋"远离前方，

---

①　第八十三回《战猇亭先主得仇人　守江口书生拜大将》。

情报不确，判断往往错误"，认为国民党军队的失利是蒋介石胡乱干预的结果①。

反观毛泽东，他领导下的军事委员会与下级部队的指挥关系一直都处于一个相对松弛的状态。对于下级部队中的野战军部队，军委会更是自始至终没有多加干涉。在重要决策上，毛泽东一般会首先咨询下级的意见，甚至与部队反复磋商，最后才由军委下达命令。所以，解放军下级部队的独断权较大，上级赋予下级的任务也较有弹性，有时仅仅下达作战目标，而不作详细安排，各野战军部队可以按照自己的判断进行攻击和防御②。

比如，毛泽东曾多次电令粟裕，让他专机独断。孟良崮战役前夕，毛泽东电示粟裕："当机决断，立付施行，我们不遥制"；豫东战役中，毛泽东电示粟裕："情况紧张时独立处置，不要请示"；淮海战役中，毛泽东授权粟裕："机断专行，不要事事请示。"③这与孙权的做法是有异曲同工之妙的。

在孙权的绝对信任支持下，陆逊贯彻了自己固守待变的战略，从春天熬到了夏天。江南溽暑，将士苦不堪言，刘备出于轻敌思想，下令移营上山，从而给陆逊制造了良好的战机：

> 次日，吴班引兵到关前搦战，耀武扬威，辱骂不绝……
>
> 逊笑曰："……此彼诱敌之计也：三日后必见其诈矣。"
>
> 徐盛曰："三日后，彼移营已定，安能击之乎？"逊曰：

---

① 高华：《蒋介石的军事才能比毛泽东到底差多远?》，《东方早报》2012 年 11 月 13 日。
② 《蒋介石为何在战场上总输毛主席一筹?》，《搜狐历史》2017 年 5 月 21 日。
③ 《毛主席为什么尤其信任粟裕?》，《搜狐历史》2016 年 4 月 18 日。

"吾正欲令彼移营也。"诸将哂笑而退。过三日后……逊曰:"……旬日之内,必破蜀矣。"诸将皆曰:"破蜀当在初时,今连营五六百里,相守经七八月,其诸要害,皆已固守,安能破乎?"逊曰:"诸公不知兵法。备乃世之枭雄,更多智谋,其兵始集,法度精专;今守之久矣,不得我便,兵疲意阻,取之正在今日"……

(陆逊)遂集大小将士听令:……每人手执茅草一把,内藏硫黄焰硝,各带火种,各执枪刀,一齐而上,但到蜀营,顺风举火;蜀兵四十屯,只烧二十屯,每间一屯烧一屯。各军预带干粮,不许暂退,昼夜追袭,只擒了刘备方止。众将听了军令,各受计而去。

初更时分,东南风骤起。只见御营左屯火发。方欲救时,御营右屯又火起。风紧火急,树木皆着,喊声大震。两屯军马齐出,奔离御营中,御营军自相践踏,死者不知其数。后面吴兵杀到,又不知多少军马……先主遥望遍野火光不绝,死尸重叠,塞江而下……此时先主仅存百余人入白帝城。后人有诗赞陆逊曰:"持矛举火破连营,玄德穷奔白帝城。一旦威名惊蜀魏,吴王宁不敬书生。[1]"

陆逊最终创造了以弱胜强的又一经典战例,这就是"三大战役"的最后一场——夷陵之战。蜀国七十万精锐几乎全部被歼灭,

---

[1] 第八十四回《陆逊营烧七百里孔明巧布八阵图》。

刘备仓皇逃到白帝城，气病交加，一年之后即病逝于此。夷陵之败与刘备之死是蜀国由盛转衰的重要关节点，早就埋下了蜀国提前灭亡的预兆和根基。这个事例又一次雄辩地证明了我们在前面给出的判断：统帅部的运筹帷幄、千里决胜，大脑的交锋、智慧的较量才是改变历史、创造历史的最强大的驱动力，甚至，它就是不二法门。

第三编

三国智慧人物点评

第十三讲

诸葛平生大失误

战长沙关黄对刀

在上文中，我们对智慧在历史进程中的决定性作用进行了详尽的分析。从这一讲开始，我们进入本书的第三编《三国智慧人物点评》。

首先谈三国智慧的符号与化身——诸葛亮。诸葛亮的历史形象与文学形象差距很大，这一点我们在第一编已经讲过。现在我们只谈小说人物诸葛亮，这位被渲染成全知全能的"超人"有没有犯过错误呢？如果有的话，诸葛亮平生最大的错误是什么呢？

当被问到这个问题的时候，很多熟悉《三国演义》的读者都会给出一个比较趋同的答案：诸葛亮平生最大的错误就是在"一出祁山"战役中，全军撤退的关键时刻，错误任用了马谡镇守街亭，结果导致街亭失守，诸葛亮被迫演出空城计，回去以后挥泪斩马谡。这在京剧舞台上是著名的连台本戏，叫作《失空斩》，马连良先生的压轴大戏。"失空斩"是不是诸葛亮一生最大的错误呢？

孔明挥泪斩马谡

我认为不是。诸葛亮的错误远比它要大得多、严重得多，"失空斩"只是其严重错误的外在浅层表现而已，为什么这样说？我们来分析两个案例。

第一个，诸葛亮与魏延的关系。这个案例分析清楚了，诸葛亮的最大错误就能看清楚一大半。我们从大家不会留下很深刻印象的普通武将魏延说起。

魏延原本是荆州刘表手下的一员武将，他第一次出场是在第四十一回《刘玄德携民渡江　赵子龙单骑救主》。当时刘备被曹操打败，带着十几万难民，缓慢向荆州溃退。刘表念在汉室宗亲的情分，准备接纳刘备，但是刘表的小舅子蔡瑁不肯。我们前面讲过"外戚"这个概念，朝廷上有外戚，各路诸侯也有自己的"准外戚"。蔡瑁身为"准外戚"，在荆州也堪称权势熏天。他擅自指挥部队，在荆州城外排开战斗阵型，阻止刘备进荆州。魏延当时就在蔡瑁手下，眼见蔡瑁如此行事，愤愤不平，于是大喝一声："蔡瑁、张允卖国之贼！刘使君乃仁德之人，今为救民而来投，何得相拒！"当下轮刀砍死守门将士，开了城门，放下吊桥，大叫："刘皇叔快领兵入城，共杀卖国之贼！"蔡瑁大怒，派了几员将领围杀魏延，魏延寡不敌众，单枪匹马，落荒而逃，一路跑到长沙，投奔了太守韩玄。

这是魏延第一次露面，没有与刘备直接交流。兵荒马乱之中，刘备甚至不知道魏延其人帮过自己。下一次魏延出场就到了刘备占据荆州以后，刘备要攻取周边重镇，张飞打下了零陵，赵云打下了桂阳。关羽跟诸葛亮请战，要去攻打长沙。他分外好胜：翼德、子龙都是带着三千兵马，我如果也用三千人，显不出我关某人的本事，我只带自己麾下五百校刀手，打下长沙！

关羽在长沙碰到了一个可相匹敌的对手，后来成为刘备五虎大将之一的老将黄忠，这场戏也很有名，叫作《战长沙关黄对刀》。关黄二人大战三天，第一天大战上百回合不分胜负，关羽对黄忠也产生了惺惺相惜之情：这位老将军名不虚传，体力、武艺都很了不起。第二天打了半天，黄忠降输诈败，想用拖刀计战胜关羽，结果马失前蹄，把自己从马上摔下来了。现在关羽想杀黄忠，举手之劳而已，但关羽爱惜他的武艺，刀下留情："老将军，你此败非战之罪，明天你换一匹好马，咱们再战一天。"第三天没打几个回合，黄忠有一手百步穿杨的神箭，有很好的机会可以射死关羽，但回头一想，昨天人家对我刀下留情，我这第一次不打招呼，一冷箭把人家射死，这也太不够意思了！黄忠的箭是射了，但手抬高了一寸，箭射在关羽的帽子上。关羽一惊，知道老将军神箭名不虚传，双方各自收兵回营，第三天就没怎么打。

所有读者大跌眼镜

　　关羽回去没事，黄忠回来就出事了。长沙太守韩玄在城头上已经看了三天了："昨天你从马上掉下来，关羽没杀你，跟你说了几句什么话，我离得远就没听见。今天你明明可以射死关羽，手又抬高了一寸。你什么意思啊？是不是和关羽商量好了，要把长沙城献给刘备呀？来人，把黄忠推上法场，马上处斩！"

　　韩玄这种简单暴虐、自毁长城的做法在长沙城内激起众怒，魏延的正义感又爆棚了。他站出来振臂高呼："黄忠乃长沙之保障，韩玄残暴寡恩，大家随我来！"就这样，魏延主持下杀了韩玄，救了黄忠，把一座偌大长沙城献给了随后赶来的刘备。

我们把这个过程讲得比较详细，目的是想说明这样一个事实：魏延投入刘备军事集团的时候不是赤手空拳来的，他是双手送上了一份大礼、厚礼和重礼的！魏延有功，应该得到表扬和奖励，这是最基本的常识，最正常的做法。但是，诸葛亮见到魏延第一面，他的反应让所有读者都大跌眼镜。他说："把魏延绑出去，斩！"

为什么要杀魏延呢？所有读者都看不明白，但我们看不明白不要紧，要紧的是坐在旁边的刘备也看不明白。刘备赶紧拦住诸葛亮："军师，魏延有功而无罪，为什么要杀魏延呢？"——我们可以听听诸葛亮的解释，相当苍白勉强，缺乏说服力。诸葛亮笑道："主公，你是知道山人我的，我这个人上知天文，下知地理，三教九流，医卜星相，知识结构比较复杂。魏延此人面相不好，脑后有一块反骨，那就预示着久后必然造反，所以我提前把他杀掉，解决后患！"

诸葛亮这个解释太牵强，刘备就不接受。其实我们知道刘备得到诸葛亮以后的心情，用他自己的话讲，叫作"如鱼得水"，刘备一辈子也没反驳过诸葛亮几次，这是其中的一次。刘备很明智地指出了两点：第一，我们正是扩张势力，用人之际，魏延作战勇猛，有利用价值；第二，人家魏延双手把一座长沙城献给我们，我们随便安个罪名就把人家给杀了，以后谁还敢向我们投降呢？谁还敢再把别的城市献给我们呢？恐失降人之心啊！我跟军师求个情，把魏延推回来吧！

一方面，刘备说得在理；另一方面，就算不在理，那也总要给领导几分面子吧？于是，魏延被推了回来。诸葛亮声色俱厉把魏延教训了一顿："魏延！今天本来应该杀你，主公替你说情，暂且记下你项上人头。以后务必要忠心耿耿，小心翼翼，别再有什么差错落在我手里，否则必定严惩不贷！"魏延吓得面如土色，喏喏而退。

玩弄手下的低智商

　　这就是诸葛亮和魏延第一次见面的场景。我们的问题是：诸葛亮在干什么？诸葛亮想干什么？难道真是因为魏延有反骨想杀掉魏延吗？我认为不是。这是一种权术驾驭的手段：以自己的高智商玩弄手下的低智商，以自己的优势地位玩弄手下的劣势地位，这是诸葛亮一生玩得津津有味、乐此不疲的一个游戏——特别是对那些他认为平均智商不太高的武将们。对后台很硬的关羽、张飞尚且照玩不误，对没什么背景的魏延、黄忠之流，那更是无所顾忌。

　　这种权术驾驭的场景我们在书中可以找到不下十次八次，这里我们只讲一次，以证明诸葛亮这样并非偶然，而是相当频繁。有一次，诸葛亮点派将领执行战斗任务，三流、四流将领都派出去了，惟独剩下超一流的五虎大将黄忠不派。黄忠急不可待，主动请战，诸葛亮一脸的不高兴："哎呀老将军，你当年是有万夫不当之勇，但现在你六十多岁，快七十了，你已经老了！你出去打仗打不赢，我不放心哪！"

　　黄忠最恨别人说他老，一听这话，气鼓鼓下了演武厅，骑上快马，手抡大刀，像风车一样先抡了个小时，再掏出雕翎箭，连

128

射十箭，箭箭射中红心："丞相，看看老夫的刀法箭法，我还有用吗？"诸葛亮还是一脸不情愿："看着还凑合吧！那好，我就安排个任务你去试试吧！"

黄忠鼓了一肚子气走了，黄忠前脚刚走，诸葛亮后脚跟刘备说："老将军此去必然成功！为什么呀？激将法我给他用上了。"等到黄忠大获全胜回来，诸葛亮才跟他说清楚："老将军，我对你用的是激将法呀！"黄忠说："丞相英明，丞相神算，我等心悦诚服！"

请注意，武将们的这种表态也不是一次两次了，每次诸葛亮跟人家揭开底牌：我对你用了什么方法、什么手段，武将们都说"丞相英明，丞相神算，我等心悦诚服"。其实我就很怀疑这些表态的真诚度。真的能心悦诚服吗？

不用穿越到诸葛亮麾下去当一员武将，拿自己的工作实践来对照一下，我们大概就能明白这些武将的心情。比如说，你正在面对一项艰巨的工作任务，领导明确指出："你不行！你的能力根本完不成这个任务！"你不服气，又写保证书，又立军令状，终于把这个任务争取下来了，而且非常出色地完成了这项工作。当你向领导汇报的时候，领导坐在桌子背后看着报纸，喝着咖啡，嘿嘿一笑，说："哎呀！我对你用的是激将法呀！你看看，果然完成得很不错吧！"你会是什么心情呢？

激将法能不能用？当然能用，关键时刻用上一次两次，可以激励士气，达到更好的效果，那是完全没问题的，也无伤大雅，但可用而不可常用！如果不是"偶尔"用，而是三年五年呢？十年八年呢？当你发现你的领导对你经常使用"激将法"或别的什么法，对你的同事也常用类似的"法"，你会对这个领导有什么样的判断呢？我想，再单纯善良的人都会得出一个基本结论：这个领导耍心眼、玩手腕，以后有啥心里话别跟他说——别小看这点小不满、小反感、小嘀咕，久而久之累积起来就会导致一个严重的副作用：离心离德。小而言之，离心离德会涣散一个团体的凝聚力和战斗力；大而言之，会酿成不可挽回的灾难性后果，诸葛亮和魏延的关系正是沿着这样的轨迹向前发展的。

魏延官职的技术性分析

话再说回来，在诸葛亮与魏延第一次见面的场景中，诸葛亮是怎样用权术驾驭魏延的呢？我认为，真实情况是这样的：诸葛亮第一次见到魏延，有没有反骨我们先搁在一边不说，魏延脸上有一股桀骜不驯之气还是可以看得很清楚的。魏延这个人自负才华，怀才不遇，脸上总有一种傲慢的神情，这不用有诸葛亮的本事，我们普通人也看得出来①。诸葛亮一看，这个人有棱有角，不好摆布，应该先给他来一个下马威，杀一杀他的嚣张气焰。这才要假装推出去杀。其实没有刘备求情，诸葛亮也会找个别的借口把魏延推回来的，因为他的真实目的不是要杀魏延，而是怎么更好地驾驭魏延。

这种权术驾驭是有效的，而且经常长期有效。经过诸葛亮这一次驾驭后，魏延果然忠心耿耿、鞍前马后地为刘备军事集团效

---

① 《三国志演义》第五十三回："魏延……自襄阳赶刘玄德不着，来投韩玄，玄怪其傲慢少礼，不肯重用，故屈沉于此。"

命，立下了不小的汗马功劳。到刘备进位汉中王的时候，魏延也获得了相应的回报。武将之中，关、张、赵、马、黄被封为"五虎大将"，魏延的排序紧随"五虎"之后，他的职位是汉中太守。这个职位颇多奥妙，值得仔细分析。

五虎大将中，关羽镇守荆州，独当一面，地位非常重要；张飞、黄忠、马超都是普通将领，五虎将只是荣誉头衔；赵云也没有独当一面，他是刘备的安保主管。魏延虽然排在第六位，但刘备称"汉中王"，汉中太守就是刘备政权首都市长，绝对是非同小可的重要位置。这个任命让我们对魏延刮目相看，会不会魏延不只是一勇之夫，他还有些行政长才？甚至有些韬略呢？

第十四讲

魏延何尝有反骨

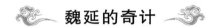

魏延的奇计

　　这个猜测在一出祁山，也就是诸葛亮犯下"失空斩"错误的时候得到了印证。我们知道，诸葛亮一共六次出祁山，我认为，六次当中，一出祁山是最接近胜利的一次，后面的五次局面都不如第一次。为什么这样说？因为这次北伐之前，诸葛亮敏感地抓住了一个要害问题：现在魏国只有一个人是我的对手，那就是大军事家司马懿。但是现在魏国君臣不和，小皇帝曹睿刚刚登基，对前朝老臣司马懿满怀疑心。诸葛亮抓住这个好机会，派了大量间谍到魏国散布流言，导致小皇帝疑心加重，明升暗降，削夺了司马懿的军事指挥权。诸葛亮收到消息，非常高兴：这么厉害的一个对手，没费什么力气就把他解决了，于是整顿军队，大兵压境。小皇帝曹睿手足无措，只好临时调派了一位位高权重、但没有任何真才实学的驸马夏侯楙，作为三军总司令来迎战诸葛亮。说得夸张一点，这位夏侯驸马的智商和诸葛亮相比，差不多是一比一百。如此对比的结果就是蜀国军营上下，包括诸葛亮本人在内，都充满了即将获得全面胜利的轻敌的喜悦。

我们也没有想到，一向不太显山露水的魏延倒是为数极少的头脑比较冷静清醒的一个，他看到了未来潜藏的风险与危机。所以，他找到诸葛亮，献了一条战略上很有眼光、战术上很具可操作性的计策——子午谷之计。

魏延说："我们驻军附近有一条山谷，叫作子午谷，地势险峻，荒废已久，但是，只要我们冒险派一支小部队突破子午谷，子午谷的尽头就是通向魏国都城的官道。我军昼夜兼程，几天即可兵临城下，攻陷敌人都城。即使达不到这么好的战略效果，这支小部队也可以夹击魏军，使敌人腹背受敌。"魏延这条子午谷之计我给了很高的评价：战略上有眼光，战术上具可操作性，但深究起来，我的评价是不值钱的。我不是军事专家，凭什么说魏延的计策不错，诸葛亮不听就不对呢？在这里，我们可以请出一位重量级嘉宾做一个权威点评，此人就是诸葛亮的老对手司马懿。

在这次北伐战争结束以后，司马懿有过一番感慨，他说："诸葛亮这个人打仗很厉害，但有一点不好，太谨慎，缺乏冒险精神。如果换了我是诸葛亮，领兵打这一仗，我早派一支小部队出子午谷，现在拿下魏国都城多时了！"我们看得很清楚，作为跟诸葛亮同等重量级的大军事家，司马懿在不知道魏延献过子午谷之计的情况下，他和魏延英雄所见略同，都把这场战争的胜负手放在了子午谷。这就充分证明了魏延这条计策千金难买的巨大价值。

为什么没听

　　但是诸葛亮没听。为什么没听呢？我想有两个原因：第一，还是轻敌情绪作祟。我们看，当魏延提出疑问："丞相兵从大路进发，彼必尽起关中之兵，于路迎敌，则旷日持久，何时而得中原"，诸葛亮回答说："吾从陇右取平坦大路，依法进兵，何忧不胜！"这里的口气有几分不悦，更多则是掩盖不住的骄横，轻敌情绪可谓溢于言表；第二，诸葛亮不喜欢魏延。诸葛亮为什么不喜欢魏延？关于这个问题我多年来找了很多文献，也没找到让我信服的答案，最后我们只好解释成——有些人和有些人之间的气场就是不对的。没有什么确实的理由，就是看你不顺眼，这种情况并不少见。诸葛亮第一次见到魏延就不喜欢他，所以演出了"假杀"闹剧。多年下来，尽管魏延功勋卓著，忠诚可鉴，但由于不那么驯服的个性，他仍然是最不讨诸葛亮喜欢的大将之一。我也常常想，如果这条子午谷之计不是魏延献的，而是某个诸葛亮喜欢的别的将领（比如马谡）献的，情况会不会就不一样呢？诸葛亮会不会就认真考虑、甚至欣然接受呢？

　　可惜不是，偏偏是那个自己不喜欢的魏延。于是，带着对魏延的成见，诸葛亮嘲笑质问了魏延几句，就粗率武断、跟自己智商很不匹配地拒绝了魏延的建议。对此，一向"拥刘反曹"的毛宗岗都很不满意，忍不住加上了一句批语："可惜孔明不用魏延子午谷之计。"可见，作为一个领导者，从善如流、不被成见所左右有多么重要。

　　这次对话的结果是诸葛亮不用魏延之计，"魏延怏怏不悦"。"怏怏不悦"这四个字非常重要：魏延什么时候开始"有反骨"的呢？投入刘备军事集团时候没有，此后若干年也没有，从这四个字开始，魏延对诸葛亮本人、甚至对这个政权开始有了一定的反感和不满，这是魏延"反骨"萌芽的重要节点，值得特别注意。

置之死地而后死

　　战争还在继续，站在感情立场上，我们也希望诸葛亮从大路进兵，堂堂正正，打赢这场战争，然而，未来情势发展被魏延不幸言中。面对魏国的优势国力和优势兵力，在把对方主帅夏侯楙生擒活捉的情况下，诸葛亮仍然没有看到速胜的希望，而是陷入最不期望看到的对峙僵局。直到孟达出现，才带来一点胜利的曙光。

　　孟达本是蜀国将领，夷陵之战时负责对魏国的防御。夷陵战败，孟达走投无路，只好投降魏国，被封为新城太守，镇守上庸、金城等处，委以重任。现在孟达看到蜀国的军队回来了，又想回归蜀国，给诸葛亮写了密信，准备献出自己镇守的几座城池。诸葛亮一方面非常高兴，一方面很谨慎地给孟达回了一封信，要求他注意两件事：第一，夏侯楙被擒，曹睿十有八九要启用司马懿，一定要提防此人破坏你的计划；第二，务须保密，如果泄露消息，后果不堪设想。

司马懿计取街亭

孟达才智平庸，拿到诸葛亮的信完全不当一回事："孔明太小心了！我是魏军的高级将领，司马懿没有权力杀我，必须请示皇帝。他把奏章送到皇帝那儿，大概得半个月，就算皇帝当天就批，再花半个月送回来，一个月的时间，我大事已成矣！"他哪里想到，司马懿重掌兵权，本着"兵贵神速"和"将在外，君命有所不受"的原则，根本没向皇帝请示，昼夜兼程，短短几天就赶到上庸，擒斩孟达。

　　到了这个地步，诸葛亮知道，这次北伐已经彻底化为泡影了，只好下令全军撤退。问题是，全师而退、不受损失也不容易做到，诸葛亮这才千挑万选，选了一处咽喉要道，叫作街亭；又千挑万选，选了最有军事才华、自己最欣赏的马谡来镇守街亭。其实刘备在白帝城临终前特地叮嘱诸葛亮，马谡言过其实，不可大用，但诸葛亮置若罔闻，放着老将赵云、勇将魏延不用，放着见地不凡的姜维、谨慎周全的王平不用，偏偏选了这位自夸"吾素读兵书，丞相诸事尚问于我"的马谡委以重任。结果是，马谡纸上谈兵，兵法上说"置之死地而后生"，他出色地玩了一出"置之死地而后死"。他的依据是"背水一战"的经典战例，如果敌人围困，我们没有退路，居高临下，必然势如破竹。但他忘了，韩信背水一战是处于攻势，你现在是处于守势，只要拖住敌人，你就赢了，何必要把自己置于绝地呢？这就是典型的教条主义、本本主义。马谡主动把军队摆在山顶，被敌人轻易截断了水道和粮道。司马懿统带十五万大军，如入无人之境，直抵诸葛亮镇守的西城之下。

　　西城只有老弱残兵两千五百人，面对十五万虎狼之师，或战、或守、或逃，都不是办法。在这样千钧一发的危急时刻，诸葛亮只好拿出了平生没有过的冒险精神，演出了千古佳话——空城计。当然我们也不否认，这是绝顶的大智慧，我们只是会惋惜，把这些冒险精神分一点用在魏延的计策上该有多好！

诸葛亮下令城门四面大开，派几个老军出城扫地，自己坐在城头弹琴，身后安排两个小朋友扇扇子。司马懿一看这种排场，大惊失色："诸葛亮平生谨慎，敢于冒险，必有伏兵。撤！"十几万大军风卷残云一般撤了个精光。空城计这个场面各位肯定都很熟悉了，为什么我还要浪费宝贵的篇幅重说一遍呢？因为我觉得，空城计我们可能并没有真正看懂，这里头有蹊跷，有古怪。

空城计里有蹊跷

什么地方有蹊跷、有古怪呢？不用说司马懿是可以跟诸葛亮相匹敌的殿堂级大军事家，就是作为业余的军事爱好者，我们都觉得司马懿有一些军事常识层面的动作应该做而没有做，这个空城计他中得太不可思议。什么是军事常识层面的动作？第一，可不可以计算一下对方的兵力配置与部署？总兵力有多少？各个分战场有多少兵力？西城里能埋伏多少人马？能不能吃掉我这十五万大军？第二，如果没有对方兵力配置与部署的情报，能不能先派一支小部队，一个侦察连一个侦察排，去袭扰侦察一下，摸一摸虚实呢？为什么我们作为业余军事爱好者都明白的道理，大军事家司马懿却一个都没做呢？

下面我给出的答案只是我个人的猜测。因为是我个人的猜测，所以不一定对；但因为是我个人的猜测，也没人能说我不对。我的意思是说，这只是一个个人化的逻辑推演而已。我认为，在这出空城计里，真正老谋深算、黄雀在后的是司马懿。诸葛亮跟司马懿玩的是空城计，司马懿跟诸葛亮玩的是将计就计，中了你的空城计。

为什么这样说？我们要结合司马懿当时的处境来考虑问题。我们前面已经交代了司马懿的处境：魏明帝曹睿对他满怀疑心，所以中了诸葛亮的反间计，削夺了他的军事指挥权。现在没人对付得了诸葛亮了，只能重新启用他，但内心对他的怀疑只有加重，而不可能减少。简单说，司马懿现在位置不稳。他明知道眼前这座就是空城，自己冲进去，抓住诸葛亮，甚至把诸葛亮一刀杀掉，蜀国也就再没有自己的对手了。大军向前高歌猛进，势如破竹，就可以灭掉蜀国。可是，灭掉蜀国之后，下一个被杀的人会是谁呢？恐怕就是他司马懿吧？

中国古代政治史上，大臣如果犯了下面两条忌讳中的任何一条，是不会有好下场的。一条我们可以称为"主少国疑"。"主少国疑"原本是皇帝年少，大家都对他不放心的意思。这里我们转一下，用来指小皇帝对老臣满怀疑心。我们不难想象，小皇帝如果怀疑前朝老臣，这位老先生将来大多没有好下场；第二条叫作"功高震主"。你有灭国之功，皇帝没法赏你，那就只好杀你。司马懿两条齐犯，他能有什么好下场呢？

大家可以想一想，司马懿现在最明智的做法是什么？那就是——假装中了诸葛亮的空城计，目的是保留下诸葛亮这个最强大的敌人，保留下蜀国这个最强大的敌人，而这个敌人还特别理想，三天两头总来攻打魏国。每攻打一次，司马懿在魏国的位置就会上升一步、巩固一步，什么时候羽翼丰满了，势力坐大了，就可以慢慢把权力从曹氏手中过渡到司马氏，并且最终以晋朝取代魏国，后来实际的历史演进过程也证明了我们这种猜测。

司马懿的这一手也未必是他的"原创"，我们早就有一个成语概括司马懿这种做法，叫作"养寇自重"——把敌人养大了，养壮了，自己在另外一个阵营中的位置才能更加重要。用"养寇计"对抗"空城计"，这充分体现了司马懿的政治智慧。

该不该道个歉

我们这些猜测能否成立并不要紧，要紧的是，这次本来大有希望的北伐战争失败了。作为这次战役的最高统帅，诸葛亮回去以后应不应该仔细总结一下经验教训呢？他应不应该在总结教训的过程中发现魏延的子午谷之计是一条不错的计策，自己没听是个错误呢？他应不应该去找魏延道个歉呢？至少去找魏延谈谈话，婉转地表达一点歉意呢？比如说，把魏延找来，这样几句话能不能说呢——"魏延呐，上次你那个子午谷之计我没听，现在想想有点儿遗憾，当时试试就好了。以后再有类似情况，你有什么好的想法尽管提，我下次一定认真考虑"。这一小段话浓缩成一句话是什么意思？不就是前面我们讲过曹操的那句"后勿难言"吗？曹操能说，诸葛亮为什么不能说呢？我想，只要诸葛亮说了，第一，不失自己作为领导者的身份和风范；第二，更重要的是，能够最大限度地消除魏延的反感和不满。换句话说，魏延脑后的反骨本来是可以被消除的，不用生长起来的！

诸葛亮有没有这样做呢？小说里没写，但我认为，诸葛亮没有这样做。因为我们看到的是：双方的关系在一天天恶化下去，最后终于走到了不可挽回的地步。

到了三出祁山，我们看到了这样一幕。诸葛亮点派将领执行任务，又用了传统的激将法。他说："现在我手里有一个艰巨而光荣的任务，需要一位智勇双全、独当一面的大将来承担。你们哪位将军愿意主动请战，我就把这个任务交给他。"诸葛亮一边说这番话，一边盯着魏延，暗示他出来接受这个任务。为什么要暗示魏延呢？我们盘点一下三出祁山时蜀国的情况：关、张、赵、马、黄五虎大将都已经不在世了，论头衔、论战功、论资历、论威望……各项指标综合起来，魏延现在是诸葛亮帐下第一大将。他出来请战，就会对别的将领产生表率和楷模作用，所以诸葛亮需要魏延。

魏延是什么人呢？魏延打仗有个特点：一辈子奋勇争先，最怕功劳被别人抢走，战斗积极性极度高涨。第六十二回《取涪关杨高授首　攻雒城黄魏争功》就是一个很好的例子。但是现在，面对诸葛亮倾向性如此强烈的暗示，甚至是拱手送上门来的战斗任务，魏延的反应是四个字："低头不语"——不说话，不请战，眼神儿都不跟诸葛亮交流一下。这说明什么？第一，魏延的作战积极性被挫伤到了冰点；第二，双方的矛盾变得更加尖锐了。更值得注意的是，到了这个地步，诸葛亮并没有意识到问题的严重性，也没有想办法挽回和修补，反而一直在激化矛盾。魏延"低头不语"，大将王平主动请战，诸葛亮叹了一口气："王平肯舍身亲冒矢石，真忠臣也！"这话说给谁听的？明显是说给魏延听的嘛！王平是忠臣，你魏延就不是忠臣嘛！两个人的关系到了这一步还怎么相处？

诸葛亮的阴森一笑

我们应该看到，尽管魏延已经相当不满，但毕竟还没有公开发表任何不满的言论。他现在是肚子里头嘀咕，这叫作"腹诽"。到什么时候魏延公开表达了不满呢？四出祁山。

四出祁山的时候，诸葛亮改变了进军方略，联络了羌族部队跟自己组成联军，共同攻击魏国。结果羌族部队被司马懿的政治攻势瓦解，没有按照预定时间与蜀军会合。蜀军苦等联军，赶上天降寒雨，将士苦不堪言，军心浮动。诸葛亮派出得力参谋人员分赴各营，安抚慰问。派到魏延这里的是一位高级参谋，大概相当于后来的副参谋长，叫作邓芝。在迎接邓副参谋长的宴会上，魏延借着点酒劲儿第一次公开表达了自己内心的不满：

> 魏延想起孔明向日不听其计，亦笑曰："丞相若听吾言，径出子午谷，此时休说长安，连洛阳皆得矣！今执定要出祁山，有何益耶？既令进兵，今又教休进，何其号令不明！"①

---

① 第一百回《汉兵劫寨破曹真　武侯斗阵辱仲达》。

142

这话我们意译一下，大概是说："唉！这是何苦呢？想当年一出祁山，如果用了我的子午谷之计，现在不是早打赢了吗？现在可倒好，二出不胜，三出还不胜，这都弄到四出了，把我们扔在这儿受这份儿洋罪！"

话说得偏激了一点儿，但大体合理可控。当邓芝把这些话原原本本复述给诸葛亮听的时候，诸葛亮什么反应呢？

> 邓芝回见孔明，言魏延……如此无礼。孔明笑曰："魏延素有反相，吾知彼常有不平之意，因怜其勇而用之，久后必生患害。"

注意上文中的"笑"字。《三国志演义》是用浅近的文言文写成的，文言行文，力求简洁，很少在动词前面加上很多修饰限定成分。我的意思是说，这里单说诸葛亮笑了，但没说这是一种什么笑。笑是有很多种的，开心的、爽朗的、阳光的、天真的……这都是笑；冷笑、嘲笑、蔑视的笑、皮笑肉不笑，这也是笑啊！诸葛亮的笑是一种什么笑呢？我们用现代白话文把这句话重写一遍，应该这样写："诸葛亮阴森地、满含杀机地笑着说……"为什么？诸葛亮说："魏延此人，我早知道他脑后有反骨，因为他作战勇猛，一直没舍得杀他，看来这人不杀是不行了！"一个人笑着说这番话，我们往回逆推，他能是一种什么笑呢？

所以我说这个"笑"字很重要。诸葛亮什么时候真心想杀魏延？不是在第一次见面的时候，而是在四出祁山这阴森一"笑"中的。魏延的悲剧命运也就由此注定了。

第十五讲

悠悠苍天,曷此其极

姓马名岱字丁林

从"五出"到"六出",最后一次出祁山了,诸葛亮病入膏肓,自知命不久长,要安排身后事。最大的身后事莫过于蜀国的军事指挥权交给谁。能交给谁呢?论头衔、论战功、论资历、论威望……身为大将军、南郑侯的魏延是诸葛亮的第一顺位继承人。但是诸葛亮想杀掉魏延,怎么会把指挥权交给魏延呢?所以,他越级把指挥权交给了秘书长(长史)杨仪,让杨仪统带蜀国大军撤回成都。

魏延听说这个消息,怒发冲冠,率本部军马截击蜀国大军。到了这一步,魏延的反骨是完全暴露出来了,但我们再公平地说一句:现在魏延毕竟还没做到叛国、自相残杀那一步,他截击蜀国大军的主要目的是像电影《秋菊打官司》里面的秋菊一样,"讨个说法"——丞相的遗嘱到底说什么了?为什么指挥权明明是我的而没有交给我?

两军对垒,杨仪也是心慌意乱,论打仗,十个杨仪也未必是

144

武侯遗计斩魏延

魏延的对手，但是忽然想起来了：诸葛丞相临去世前交给我一个锦囊，告诉我危急时刻拆开，其中有妙计呀！拆开一看，杨仪心里有底了，于是催马上前："魏延！指挥权我可以交给你，但我有个条件，你敢不敢在两军阵前高喊三声'谁敢杀我'？你敢喊，那就是英雄好汉，指挥权我就可以给你！"魏延大笑："这有什么不敢喊的呀？我自己的部队，三十声三百声我也敢喊！"刚喊了第一声"谁敢杀我"，从自己脖子后边上来一个人，"我敢杀你"！手起刀落，当场把魏延斩于马下。

谁杀了魏延呢？马超的弟弟，叫作马岱。马岱为什么要杀魏延？有个说法是这样解释的：此人姓马名岱，字丁林，吗丁啉专治胃炎（魏延）。这当然是很不严肃的解释了，相声里说的。我们再给出一个严肃的说法，答案很简单：诸葛亮安排在魏延手下的卧底嘛！早在诸葛亮去世前两三个月，就已经安排马岱到魏延手下卧底了。怎么能取得魏延的信任呢？诸葛亮嘱咐得很明白："跟魏延一块儿骂我就行"，取得他的信任，潜伏下来，两军阵前以"谁敢杀我"四个字为号，替我除掉魏延！

推倒第三块多米诺骨牌的人

这就是魏延之死。十多年前，有感于魏延之死，我写过一篇小文章，发表在《文史知识》上面①，文章从历史的角度发了一

---

① 马大勇：《魏延何尝有反骨》，《文史知识》2003年第11期。

点小议论、小感慨：

我们的历史（包括正史、野史及历史小说）长期以来形成了一种思维习惯，即归众善于正面人物，归众恶于反面人物。于是，在后代对诸葛亮"古今完人"的审美追求中，魏延像一只生活在巨大雕像阴影中的蚂蚁，生或者死都显得那么渺小，谁乐意管他冤枉还是不冤枉呢？

然而，魏延的不满、牢骚、错误难道不是以孔明的权术、成见和偏执为前提的么？居于上的大人物的错误皆可以原谅，居于下的小人物的反抗便十恶不赦。从这个视角看来，我们的历史原来是一部"只许州官放火，不许百姓点灯"的一边倒的历史啊！

站在历史角度的这一点小感慨现在看起来未免有些空泛，其实我们收回到职场生涯或者领导科学的实际层面上来，魏延事件也有很多东西值得我们归纳总结。

从职场生涯角度来说，魏延事件堪称古今职场生涯的最大悲剧之一。我也常常想：要是我们是魏延，摊上诸葛亮这样的领导该有多倒霉呀！你殚精竭智、尽心尽力，跟着一个老领导打下一片天下，结果老领导到了晚年身体不行了，肝癌晚期，住院去了，只剩下两个月的生命。这两个月他天天琢磨的东西不是怎么回报我们，而是怎么干掉我们，而且最后真的成功把我们干掉了！

这不是最大的职场悲剧是什么？当然，还必须看到，这不是魏延一个人的悲剧。只要善加调护与栽培，魏延本来有希望成为蜀国下一代军事统帅的，但是诸葛亮没有这样做，而是不断激化矛盾，最终不得不以极端手段处置掉魏延，那就形成了一个极其严重的后果：在他和魏延身后，蜀国的人才梯队建设开始变得青黄不接，一片荒芜，再也没有什么可用的大将之材。勉勉强强还能数出来一个姜维，但姜维继承武侯遗志，九伐中原，一直负多胜少，表现平平。我们再退一步说，就算姜维是大将之材，为什么常打败仗？原因很简单：他身边连一个档次比较高的副手、搭档都没有，"蜀中无大将，廖化作先锋"，一个人支撑一场战争，能不失败吗？我想，下面的道理是不难理解的：大到一个国家民族，小到一个系统单位，如果有了人才而没有被发现，有了人才没有被摆在合适的平台上，有了人才而把他毁掉、杀掉，这个国家民族、系统单位的衰落和灭亡就是早早晚晚、不可避免的一个结果。

从这个意义上说，诸葛亮要为蜀国的提前灭亡负有一份沉甸甸的、不可推卸的责任。我们在上文提问："谁推倒了蜀国灭亡的多米诺骨牌？"推倒第一块的是关羽，推倒第二块的是刘备，再继续追究，推倒第三块的正是诸葛亮。是他，促成了自己亲手缔造的蜀国的提前灭亡。由此可见，"失空斩"只是诸葛亮严重错误的浅层表现而已，以权术驾驭手下、以成见看待手下，造成了国家提前灭亡的灾难性后果。这在领导科学层面是很值得我们汲取的深刻教训。

把所有问题都自己扛

除了在魏延问题上出现巨大失误，诸葛亮还有一个重大缺陷，那就是独撑乾坤，"把所有问题都自己扛"，不能做到用人不疑，由此产生的灾难性后果更加严重。

我们从第六次出祁山说起。这次战役，诸葛亮曾经取得比较巨大、明显的军事优势，司马懿高悬免战牌，拒守不出。这种持久战态势对客场作战的蜀国是非常不利的，怎么能激怒司马懿出来进行战略决战呢？诸葛亮想了一个很绝的办法。他派了一个使者，给司马懿送了一件特殊的礼物。司马懿拆开一看，一套女人穿的衣服，还附了一封短信，大概意思是说："老兄啊！你要是男子汉，咱就出来决一死战；你要是不敢，那就是妇人女子之流，穿上这身衣服在城里待着吧！"

司马懿手下将领看到这件礼物这封信，怒不可遏，纷纷请战："我们宁可打不过敌人，战死疆场，也不能让主帅受到这种侮辱。请主帅下令吧！"司马懿老谋深算，尽管内心大怒，但脸上神色如常，告诉手下将领："谁也不准冲动，不准请战！不仅如此，我还要好酒好菜，请这位使者吃饭，我亲自作陪。"

酒席宴间，司马懿和这位使者一件军国大事都不谈，谈的都是饮食起居的琐屑细节。司马懿跟这位使者打听："你们丞相最近身体怎么样啊？胃口好不好啊？中午晚上都吃什么了？睡眠好不好啊？每天晚上睡几个小时啊？"……都是这一类的问题。使者也如实回答:"我们丞相胃口不太好,今天中午吃了半个包子,晚上把剩下那半个包子又吃了。但我们丞相工作热情极度高涨,工作精力非常充沛。我军中凡有违抗军规,杖二十以上者,丞相必定亲临监察。"

司马懿听到这儿,回头跟手下将领说:"你们还冲动什么呀?还请什么战呀?再跟我老老实实坚守半个月二十天,你们就等着听好消息吧!什么好消息?诸葛亮把自己活活累死的好消息!"司马懿送给诸葛亮八个字评语:"食少事烦,其能久乎?"一天只吃一个包子,谓之"食少";统带数十万大军,有人违抗军规,打二十军棍,这样的芝麻小事儿一天不出二百件,也得出一百九十八件。全都亲临现场监察,你能忙得过来吗?你能坚持多久啊?

在这个问题上,司马懿不仅老谋深算,甚至可以说料事如神。没到半个月二十天,诸葛亮的身体就顶不住了。他知道自己病入膏肓,坐在那辆标志性的四轮车上面(我们现代人叫作轮椅),让人把自己推出中军大帐。诸葛亮眼见秋风渐起,吹体生凉,遥望星空,浩然长叹:"再不能临阵讨贼矣!悠悠苍天,曷此其极!""再不能临阵讨贼"我们听得懂,什么叫作"悠悠苍天,曷此其极"呢?这是《诗经》中的两句诗①,翻译过来,意思就是:苍天啊!你对我太残忍了!为什么你不能多给我一点时间呢?我就可以完成自己的理想了呀!

这是诸葛亮留在人间的最后一句话,回到大帐之中,他昏迷不醒,溘然长逝,终年五十四岁。这一幕很多读者都熟悉,那就是著名的"诸葛秋风五丈原"。诸葛亮之死让无数读者一洒同情之

---

① 出自《国风·唐风·鸨羽》,原文是"悠悠苍天,曷其有极"。

泪，所谓"出师未捷身先死，长使英雄泪满襟"说的就是这个场面。此后千百年中，无数读者为诸葛亮送上了无数的敬重、感佩、鲜花、喝彩与掌声。我原来的心情也是这样的，但后来越看这个场面，心里就越不是滋味。是不是这个场景没有那么可敬、可佩呢？其中是不是还有几分可怜、可笑呢？

　　什么地方可怜、可笑？诸葛亮作为智慧的符号与化身，临终之前把自己事业未竟完全归因于天命，认为是苍天不给他机会。他为什么不想一想，这其实不是"天命"，而是"人事"呢？难道不是这种"过劳死"式的工作方式把自己亲手推到死亡悬崖边缘的吗？这个如此高智商的人物临终之前对这个问题缺乏起码的认识和反思，这是他的高智商系统当中一个非常巨大的黑洞和误区。我们在前文说吕布"No Zuo No Die"，这话适不适用于诸葛亮呢？

杨秘书的国学课

　　问题还没有结束：诸葛亮手下还是颇有一些人才的，难道就没有人懂得这一点简单的道理，给诸葛亮提一点合理化建议吗？有。不仅有，这个人还给诸葛亮上过一堂很不错的国学课。

　　此人名不见经传，是诸葛亮手下一位普通的秘书杨颙。杨秘书跟诸葛亮说过："丞相，咱们的工作作风、工作方式应该转变。为什么呢？我来讲三件事。第一，我们以一个大家族为例。一个大家族，几百号上千口人过日子，家长应该负责什么呢？家族的宏观发展与规划。过起日子来，柴米油盐酱醋茶，很多琐事，家里人应该各司其职。有人负责耕地，有人负责开车，有人负责做饭，有人负责养花。现在有一位大家长不这样做，他自己耕地、开车、做饭、养花，而且还要负责宏观发展规划。这个家日子一定过不好，而且这位家长还会把自己累个半死呀！"

　　既然是国学课，不能光讲生活事例。杨秘书又说了两个历史典故：第一，西汉初期开国功臣陈平当上丞相，别人问他钱谷之数，陈平说："我不知道，这不是我丞相该管的事情，去问财政部长吧！"另一位丞相更有意思，汉武帝时期的丙吉。丙吉丞相带着一群人出去视察民情，看见一个人死在路边，丙吉问都不问就走过去了。人家问他："丞相，你为什么不管呢？"丙吉的回答跟陈平类似，他说："自有主之者"——这事民政部门的人去管就可以了，"非我丞相之责"。那么丞相应该负责什么呢？丙吉继续往前走，看见一头牛在路边喘粗气。丙吉感兴趣了，蹲下对着那头牛看了半个小时。为什么人死了你不管，一头牛喘粗气你要管呢？丙吉是这样解释的："现在才四月初，天气不应该很热才对，这头牛已经热得喘粗气，这说明今年热浪来得早，天时不正。到了秋天，全国粮食收成就要出问题，老百姓的温饱就要出问题。这才是我丞相应该未雨绸缪、提前准备的事情！"

　　我们看得出来，这位杨秘书尽管名不见经传，这堂国学课上得还是很有水平的。既有生动的生活事例，两个历史掌故的主角又都是丞相，很有针对性，道理说得相当透彻。但我们更应该关注诸葛亮的反应。

　　诸葛亮的反应还不如董卓。我们前面讲"连环计"，李儒跟董卓提出把貂蝉嫁给吕布，董卓其实已经听进去了，只不过被貂蝉四两拨千斤的手法瓦解了而已。面对这样的合理化建议，诸葛亮根本没有听进去。他说："老兄啊！你的意见都对，你的道理我也都懂，但是我不能像你说的那样去做啊！为什么呢？我在白帝城身受先帝托孤之重，怎么能不尽心竭力呢？我倒是可以像你说的，把事情分担给别人去干，自己清闲一点，但是，唯恐他人之心不似我心啊！"

请注意这句话："唯恐他人之心不似我心。"后人在称颂诸葛亮鞠躬尽瘁、死而后已的高尚情操的时候，这是一句标志性的表达。但是，值得大家深入想一想，什么叫作"唯恐他人之心不似我心"呢？这句话是不是在说"不会有人像我这么聪明、这么认真、这么负责，把所有事情做到最好呢"？这句话是不是在说，诸葛亮其实对手下任何人都缺乏起码的信任、对谁都不放心呢？

既然对谁都放心不下，那就只好独撑乾坤，"把所有事情都自己扛"了。身为堂堂内阁总理、数十万大军的统帅，有人违抗军规打二十军棍，这样的小事都要亲临监察，万一多打一棍、少打一棍怎么办？可见诸葛亮对自己手下不放心到了何等地步！到了这个地步，不要说"食少事烦"，一天只吃一个包子，就是"食多事烦"，一天吃五十个包子又能怎样？不也一样会落得"悠悠苍天，曷此其极"的悲剧结局吗？

第十六讲

诸葛曹操大 PK

汉就是我，我就是汉

　　不能用人不疑、只好独撑乾坤的灾难性后果我们已经看到了，但是还应该做更加深入的思考。

　　毫无疑问，诸葛亮是全书智商最高的人物，那么，为什么智商最高的诸葛亮没能完成自己理想的事业，只能以"悠悠苍天，曷此其极"向自己的人生致上谢幕词呢？为什么很多智商不如诸葛亮的人，他们的事业能做得更优秀、更强大、更持久呢？

　　可见，智商并不完全等于智慧。除了智商以外，智慧还应该包涵豁达豪迈的胸怀、自信宽宏的心态、科学卓越的领导艺术……那是很多因素共同构成的"大智慧"。我们说"智慧改变历史"，更严谨的表述应该是"大智慧改变历史"。

　　我们拿曹操跟诸葛亮做一个对比，很多问题就可以看得更加清晰。曹操的智商是远不如诸葛亮的，为什么他的事业远比诸葛亮成功？奥秘何在？让我们看看曹操如何对待关羽的，或许可以有所领悟。

　　要从第二十五回"屯土山关公约三事"开始说起。这一回的背景是——刘备又一次打了败仗，又一次一个人骑着马跑了，又一次把媳妇扔下了。我们说"又一次"是因为刘备前半辈子总干这事儿，每次打了败仗就一个人逃跑，而且很大方，谁在身边就把媳妇儿扔给谁，"刘备撇妻"嘛！这一次算他运气不错，把媳妇扔给关羽了。关羽保护两家皇嫂甘夫人、糜夫人，被曹操围困在土山之上。曹操爱惜关羽的才华，围而不打，派大将张辽上山劝降。

　　张辽上山一看，关羽横刀立马，拧眉瞪眼，要跟自己决一死战。张辽说："云长兄，你要选择这种方式也不是不行，成全了自己的忠义之名，但是有一条大罪我诚恐你承担不起。你两位嫂子沦落在乱军当中，后果不堪设想，将来有一天到了九泉之下，你有什么脸面去见大哥刘备呢？"关羽一听张辽说得有道理：那么好吧，我投降。投降归投降，要"约三事"——谈三个条件：第一个条件，降汉不降曹。我投降大汉朝廷，不是投降你曹操；第二个条件，我大哥刘备还是朝廷的左将军，有一份俸禄，要请丞相按时如数发放，我得保证两位嫂子生活水平不下降；第三个条件，只要知道我大哥刘备还在世的消息，不管千里万里，我要回到刘备身边去，到时候请丞相放行，不能留难我。

　　三个条件开出来了，张辽做不了主，回去向曹操禀报："关羽说了，第一个条件，降汉不降曹。"曹操笑了："没问题，汉就是我，我就是汉，我不跟他争这个名分，只要投降就行！""第二个条件，发工资"，"那也没问题，咱不差钱，发双份都行！"听到第三个条件，曹操摇头了："这个不行！根据战场上的可靠情报，刘备没有死在战场上，那我让关羽投降过来有什么用呢？"

这个时候，张辽提了一条合理化建议："丞相，我建议你答应。为什么呀？你要想想为什么关羽对刘备如此忠心耿耿？没有别的奥秘，刘备对关羽好啊！（原文是"无他，恩厚尔"）关羽投降过来以后，丞相你对关羽比刘备对他更好，那不就完了吗？人心都是肉长的，人心是会变的呀！"曹操大喜，拍拍张辽的肩膀说："文远，你这个意见很有眼光。好！三件事我都答应了！"就这样，关羽投降了。

相当于高铁

这里我们需要注意，曹操并不是一开始就毫无保留地对关羽好的，他对关羽的人品、人格有一个认识过程。其实，最初曹操是想用一种"最低成本——最大收益"的方式留住关羽的。请注意小说中这句话："曹操欲乱其君臣之礼。"什么意思呢？曹操是这么想的：现在关羽正当壮年，血气方刚，两位嫂子青春妙龄，貌美如花。如果能创造点方便条件，让关羽和两个嫂子有点不清白的暧昧关系，那关羽哪儿还有脸回到刘备那儿去呀？撵他都不能走，只好死心塌地地留在我这儿！显然，这是成本最低、收益最好的方式。

所以曹操开始动歪心思了，行军打仗一天下来要安营扎寨，曹操告诉军需官，平时给关羽和两个嫂子两顶帐篷，今天给一顶就够了。创造点方便条件嘛！结果关羽安顿好两位嫂子以后，自已没地儿睡觉了。怎么办呢？搬一把椅子在帐篷门口当哨兵，给两位嫂子站岗，终夜不倦。第一天如此，第二天如此，第三天还如此，因此曹操对关羽的人品有了新的认识，衷心钦佩：我全军上下十数万人，能做到关羽这种大丈夫的程度，一人而已！曹操心想：我是不如关羽呀，要是换了我，我早进去六回了！

在小说里，曹操是一代奸雄，权诈之术非人所及，但是一旦遇到他真心喜欢的人，曹操的真诚也不是别人能相比的。他对关羽好到什么程度呢？有一套说法叫作"上马一秤金，下马一秤银；三日一小宴，五日一大宴"。什么叫"一小宴"呢？就是曹操自己请关羽吃饭。"一大宴"，就是所有文武官员都陪着关羽吃饭，五天就来一次。这还不够，曹操精挑细选送给关羽十个美女，结果关羽连看都不看，直接送给两个嫂子当丫鬟了。这就是所谓的英雄本色，视女色如粪土嘛！

有一天，曹操看见关羽穿的衣服旧了，拿出一领新锦袍："你这衣服太旧了，我请好裁缝做了一身儿衣服，你穿上吧！"关羽接过锦袍走了。第二天来见曹操，穿的还是昨天那件旧衣服。曹操说："云长啊，昨天我不是送你新衣服了吗？你怎么不穿呢？"关羽说："我穿了！""穿哪儿了？"关羽一掀旧衣服，新衣服穿里头了。为什么呀？"外面锦袍虽旧，乃大哥刘备所赐。里面的锦袍虽新，丞相所赐，我不能因此忘了旧主啊！"

曹操口中称羡，但是心里头相当不是滋味：又送金银，又送锦袍，又送美女，为什么关羽心如铁石，毫不动摇呢？想来想去，只好使出杀手锏了。名将爱宝马，而自己手里恰恰有天下第一宝马——嘶风赤兔马。这赤兔马本来是吕布的，曹操攻打徐州，杀了吕布，赤兔马就归曹操所有。平时珍惜备至，别人想借出去骑一圈都舍不得，现在为了收拢关羽之心，一咬牙："云长啊，这匹赤兔马我送你了！"

关羽一听这话，大喜过望，跪在地上给曹操"当当当"磕了好几个响头，抬头一看，曹操满脸阴云，一点儿笑模样都没有。曹操说："云长啊，我就是不舍得批评你，今天我也得批评你几句了。这么长时间以来，我又送你金银，又请你吃饭，又送你锦袍，你从来就没说过一个谢字。前几天送你十个美女，你也没跟我握个手、鞠个躬啊？为什么现在我送你一匹赤兔马你给我磕这么多头呢？难道我十个美女还抵不过你一匹马吗？你这不是贱人而贵畜吗？"关羽说："丞相，这事儿是这样：赤兔马是天下第一宝马良驹，日行千里，夜行八百，相当于后代的高铁呀！如果知道我大哥刘备还在世的消息，骑普通的马五天能到，骑赤兔马一天就能到，我为这个给你磕头啊！"我们现在网络上有个热词叫作"无语了"，我怀疑就是从曹操那时候留下的。曹操当时就"无语了"，整整两小时没说话，这礼送的，心里头太堵得慌了！可是，话已出口，不能收回，赤兔马就这样送给关羽了。

史上最失败人才投资工程？

再过一段时间，关羽获得了刘备的确切消息，向曹操辞行。曹操黔驴技穷，只好避而不见。关羽多次求见不遂，干脆挂印封金，保护两位嫂子启程了。曹操收到禀报，知道这次真的留不住关羽了："既然如此，咱们就去给关羽送个行吧！"同时特别嘱咐手下的武将：谁也不准穿盔甲、带兵刃，咱们是去送行的，不是去打仗的。

　　曹操率领几十号人马紧紧追赶，终于在灞桥追上了关羽。关羽看见烟尘四起，曹操带领几十号人追上来了，来意不明。关羽说："你们保护两位夫人先走，我在这儿抵挡一阵"，于是灞桥桥头，关羽横刀立马和曹操见了面。曹操在马上深施一礼，说了一段非常真诚沉痛的话："云长，天下之义士也！恨曹某福薄，不得相留啊！云长，现在你要走了，曹某无物以赠，只能送金银一盘，供路上使费。再送锦袍一领，聊表寸心！"关羽说："金银丞相所赐已足，锦袍是丞相一片心意，我得收下。"怎么收呢？按照正常礼数，关羽应该下马接过锦袍，谢过曹操，上马再走，但是关羽见对方人多，尽管没穿盔甲没带兵刃，还是恐怕曹操有诈，所以没有下马，而是用青龙偃月刀的刀尖挑起锦袍，披在身上。这出戏在后来也很有名，叫作《灞桥挑袍》。

　　曹操手下众将见关羽如此无礼，全都怒发冲冠："关羽欺人太甚！就算我们不穿盔甲，不带兵刃，今天也要和你好好打一架！"曹操安抚众将，替关羽说情："你们不要乱动！咱们几十号人，人家关羽只有一个人，这叫'敌众我寡'！关羽有点警惕心是正常的！谁也不要乱动，好好送关羽走！"就这样，关羽和曹操在灞桥分别了。关羽离开灞桥以后发生了什么我们都熟悉，所谓"过五关，斩六将""千里走单骑"，斩杀了曹操若干员大将。每过一关，杀完一人，曹操的特赦文书随后传到——赦关羽无罪，不得因为此事为难关羽。在一定程度上，正是因为曹操这些特赦文书的保护，关羽顺利地走完了千里寻兄之旅，成功地回到了大哥刘备身边。

到这儿我们可以总结一下：曹操针对关羽实施的这项人才投资工程是中国历史上最失败的人才投资工程！不管是物质，还是感情，人财两空，血本无归，而且还被关羽拐走一匹赤兔马！可是还应该多问一句：真的失败了吗？要到华容道才见分晓。

赤壁之战，火烧战船，曹操率领残兵败将来到华容道口，眼看关羽率五百校刀手拦住去路，陷入绝境。曹操只好亲自出面，向关羽深施一礼："请君侯念在当年在我麾下，我对君侯仁至义尽，今天曹某狼狈至此，请君侯放我一条去路！"关羽是怎么来的呢？那是跟诸葛亮立下过军令状的：华容道要带回一个脑袋去，不是曹某人的脑袋，就是我关某人的脑袋！在这个当口，关羽确实义薄云天。眼看曹操如此凄惶，回想曹操对自己确实仁至义尽，自己也没怎么报答过曹操啊！关羽一咬牙一跺脚："既然如此，丞相，你请上路吧！"喝令校刀手让开两厢，放曹操冲出华容道。

关于华容道，还有个花絮值得一说。郭德纲有一段相声《华容道》，是一段"柳活儿"，也就是以唱功见长的作品，堪称他近年罕见的精品之一。他在相声里阐述了一个观点：评剧最适合家长里短、才子佳人的题材，不适合唱"老爷戏"，不适合刻画慷慨壮烈、像关羽这样的人物，那就显得太"软"。要是评剧演出《华容道》，关羽能怎么唱呢？这段唱词设计得着实令人喷饭，我们可以先看看文本，真正精彩还得看视频、听音频：

（答调）可说是曹操啊曹操，狗奸贼，你也有今天，你这不要脸的呀——

（楼上楼）曹孟德你个狗奸贼，睁眼看看我是谁。

关云长义释曹操

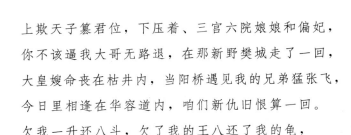

上欺天子篡君位，下压着、三宫六院娘娘和偏妃，

你不该逼我大哥无路退，在那新野樊城走了一回，

大皇嫂命丧在枯井内，当阳桥遇见我的兄弟猛张飞，

今日里相逢在华容道内，咱们新仇旧恨算一回。

欠我一升还八斗，欠了我的王八还了我的龟，

狠狠心肠杀死了你呀，也免得、到将来哟吃了你的

亏诶——

"欠我一升还八斗，欠了我的王八还了我的龟"，真是警句！可这就根本不像"老爷"，像是"舅母"了。

到了华容道，我们可以再总结一下：曹操这项针对关羽的人才投资工程是中国历史上最成功的人才投资工程，它的收益是最宝贵的、不可能重来一次的生命！还有什么比这次人才投资收益更大的呢？

按小说的意思，曹操诚然是一代奸雄，心术、智商都远远不如诸葛亮。但是需要注意，曹操对关羽的这种情况，在诸葛亮身上从来没有发生过。相比之下，曹操更多是以自己的真诚和人格魅力打动别人的，与诸葛亮权术驾驭、胸怀成见、独撑乾坤的那些做法相比，可谓高下立判。这不是小问题，而是事关蜀魏两国的强弱兴败的大是大非的问题。全面分析诸葛亮这个顶尖的智慧人物，这是我们所必须指出，并引以为鉴的。

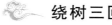

第十七讲

盛名之下有虚士

绕树三匝，无枝可依

再来说第二位智慧人物庞统。

为什么标题叫作《盛名之下有虚士》呢？我们经常讲"盛名之下无虚士"，还有一句诗叫作"山到成名毕竟高"，一个人如果有名，这个人肯定是有本事的。这话不能算错，但也大有名不副实的情况，我认为庞统就是"盛名"之下的"虚士"。

如果我们按时尚的套路，搞一个"三国智慧人物 Top10 颁奖礼"的话，投票的结果，诸葛亮肯定会以巨大优势夺得冠军，谁会是亚军得主呢？让我投票的话，我会投给司马懿，司马懿确实是与诸葛亮旗鼓相当的对手，仔细分析"六出祁山"系列战役，司马懿胜多负少，实际上战胜了诸葛亮，以这样的成绩得到亚军名次其实是有点委屈的。这个情况我们姑且不谈，我想说的是，也会有很多人把亚军一票投给庞统。为什么呢？因为有一位松形鹤背、仙风道骨的水镜先生司马徽讲过一句名言："伏龙、凤雏，二者得一，可安天下。""伏龙"就是卧龙，即诸葛亮，"凤雏"就是庞统先生。

司马徽先生是世外高人，也是舆论界的"大V"，他的品评是极有影响力的，所以，我相信有不少读者会根据"大V"的推荐给庞统投票。问题在于，庞统先生一直很寂寞，没有找到特别好的平台。他第一次露面已经到了赤壁之战的时候，凭借自己的大名自东吴到曹营献了一条连环计。这次的"连环计"不是比喻，是拿真正的铁链子把船连起来，目的是让哪艘船都跑不了，为火攻做准备。庞统回到东吴以后，诸葛亮以客卿身份给出一个预测："我觉得孙权将来不一定重用你。我给你留下一封推荐信，如果真的如此，你就持信前来荆州，投奔我主刘备，他一定能给你一个很好的舞台。"

曹操退兵以后，鲁肃竭力向孙权推荐庞统，孙权终于答应见庞统一面，但见了庞统，孙权很不喜欢他。为什么呢？因为庞统有两个特点：第一，长相极其丑陋。郭德纲前些年的相声《批三国》里说，给三国人物在现代社会里安排工作的话，他们能干什么呢？张飞可以当保安，因为他睁着眼睛睡觉，安全系数最大；张辽可以当幼儿园老师，张辽大战逍遥津，杀得孙权几乎丧命，东吴小孩提起张辽都不敢哭，管幼儿园正合适；祢衡可以当人体模特，赤身裸体击鼓骂曹嘛！庞统可以演小品，长得非常难看，是个丑星；庞统第二个特点是言语直率，自负才华，牙尖嘴利。谈了半天，孙权越来越觉得此人言语无味、面目可憎，但碍着鲁肃的面子，最后问了一个决定性的问题。如果这个问题回答得好，孙权还是有可能重用庞统的。

孙权问："敢问庞先生，你自视所学比周郎何如？"庞统微微一笑，回答道："某之所学与周郎大不相同。"这是典型的外交辞令，表面上没有贬低周瑜，但潜台词就是"周瑜不算什么，我的本事比周瑜大多了"！孙权大怒，拂袖而去，这次谈话以破裂而告终。诸葛亮预见得很准，孙权果然没有重用庞统。

鲁肃不甘心，再三向孙权推荐，但孙权始终没有改变看法："子敬，你不要再说了，此人我誓不用之。"鲁肃无奈，出来跟庞统说："庞先生，我已经尽力了，主公就是不肯重用你。请问先生，你下一步做何打算呢？"庞统说："既然如此，我也只好北上投奔曹操去了！"鲁肃是出名的厚道人，一听马上急了："庞先生，怎么能投曹操呢？那是国贼呀！"庞统笑道："此言戏之耳！我哪儿敢去投靠曹操呀！曹操现在想抓我还抓不着呢！我打算去荆州投靠刘皇叔。"鲁肃大喜："我在刘皇叔那里还有点薄面，我给你写一封推荐信吧！皇叔见信，必然重用。"

庞统揣着两封推荐信到了荆州求见刘备，当时正赶上诸葛亮在外地巡视，如果诸葛亮在，也就没有后面那些风波了。庞统自有名士高人的身份，不能像现在大学生出去参加招聘会一样，拿着某某老师的推荐信四处投递，唯恐人家看不见。他见诸葛亮不在，索性不提推荐信的事儿，只淡淡地说："听说刘皇叔求贤若渴，我慕名来见。"刘备听说名满天下的凤雏先生来了，倒是很高兴地接见了，但一见之下，和孙权的反应完全一样，越看庞统越别扭。怎么办呢？"凤雏先生大贤来投，本当重用，但现在没有合适的位置啊！现在荆州境内有个小县耒阳缺个县令，请凤雏先生先屈尊帮我处理一下耒阳的事务吧！"

耒阳张飞荐凤雏

166

耒阳的表演

话说得很客气，可这任命未免太欺负人啦！庞统哪是奔着县令的职位来的呢？庞统二话没说，卷起铺盖卷儿到耒阳上任去了。整整三四个月，这位庞县令每天除了喝酒就是睡觉，没干过第三件事，打官司、告状一概不理，所有公文一概不批。耒阳县上下怨声载道，舆论沸腾。刘备手下文官孙乾听说了，准备跟刘备汇报，路上遇见张飞，把事情一说，张飞眼睛瞪了起来："竖儒！胆敢乱我大哥法度！我去宰了他便来！"孙乾毕竟是文官，比较谨慎："三将军，我陪你先到耒阳看看，搞一下实地调查，看看是不是真像传说的样子，咱们再做处理吧！"

孙乾陪着张飞来到耒阳县衙一看，门口非常肃静，跟守门人一问："你们庞县令呢？""哎哟！我们县太爷又喝醉了，在后面睡觉呢！"张飞看看孙乾："你看怎么样？我这就进去宰了他！"大踏步进到庞统卧室，"仓啷"一声宝剑出鞘，横在庞统脖子上了。

庞统睡眼惺忪，泰然自若："三将军，为何动怒啊？"张飞眼睛一瞪："你敢乱我大哥法度，到这儿百事不理，我要宰了你！"庞统等的就是这个机会，一听这话，哈哈大笑："三将军，量此小县，百里之地，能有多少政事！三将军你且旁观，我现在就登堂理事，让你看看我都荒废了什么？"

耒阳县衙门击鼓升堂，庞县令转屏风入座，张飞和孙乾在边儿上搭个旁座，当观察员。耒阳县的老百姓轰动了，县太爷终于出来审案子了！原告被告好几百人，七嘴八舌，嘈嘈杂杂，历年积压的公文堆积如山。庞统嘴里问案，一边写判词，一边处理积压公文。短短几个时辰，把县里所有的事情处理完毕。判词无懈可击，原告被告心悦诚服，欢欣鼓舞而去。庞统缓缓站起身来，把手一拍："三将军，现在看看，我荒废了什么公事啊？曹操、孙权，吾视之若掌上观文，量此小县，何足介意！"

张飞坐在旁边已经看傻了，连忙起身，向庞统深鞠一躬："哎呀！先生大才惊人，我刚才太鲁莽了，乞先生恕罪！请庞先生现在就跟我回荆州，我向大哥鼎力举荐！"庞统随张飞回到荆州，诸葛亮也从外面回来了，庞统这才把两封推荐信拿出来呈送刘备。刘备后悔不迭："屈待大贤，吾之过也！"从即日起，任命庞统为副军师中郎将，与军师中郎将诸葛亮共同参赞军务。中郎将，在刘备政权相当于总参谋长，实际上的最高军事指挥官，庞统相当于副总参谋长，职位仅次于诸葛亮。

名利的毒火

应该说，这位身孚天下重名的凤雏先生"绕树三匝，无枝可栖"了很久，终于赢得了一个供自己大展身手的舞台，可以实现其经纶天下之志了，这当然是一件可喜的事情。可庞统的心里还是一直合计着两个问题：第一，如何巩固自己副军师中郎将的地位；第二，怎样能"蹭掉"自己头上的军师中郎将诸葛亮，取而代之。看来，必须另辟蹊径，别走偏锋，建树能使所有人刮目的不世之功。

在这种危机感和进取心的双重作用下，凤雏先生雄心勃勃地盯上了西川。刘备现在仅仅盘踞着荆襄九郡，曹操固然可能卷土重来，而"盟军"孙权一伙也虎视眈眈，凭这么一块弹丸之地，自保尚且不易，遑论谋求"可持续发展"、成一代伟业了。如果能将西川这片富饶的天府之国也划入自己版图，则进可以伐中原、掠江东，退可以鼎分天下，这不正是孔明在茅庐中画定的光明图景吗？诸葛亮画出蓝图固然了不起，而我若能亲手取得西川，其功勋当只在其上，不在其下！那时候……想到这些，凤雏先生的胸中热乎乎的。

所以，庞统旧事重提，就任后的第一件事就是力劝刘备进取西川。为什么刘备占据荆州，已经获得了刘璋手下谋士张松送来的西川地理图以后，都迟迟没有进取西川呢？因为这里有一个严重的舆论、道德障碍。现在西川之主是刘璋，在宗谱上和刘备是同辈兄弟。刘备占了同宗兄弟刘表的荆州，已经引起不少非议了，如果进兵西川，又一次夺走自己同宗兄弟的基业，这么多年苦心经营的仁义道德形象，不就彻底崩塌了吗？庞统对此力下说辞：

　　　　主公之言，虽合天理，奈离乱之时，用兵争强，固非一道；若拘执常理，寸步不可行矣，宜从权变……若事定之后，报之以义，封为大国，何负于信？[1]

---

[1]　第六十回《张永年反难杨修　庞士元议取西蜀》。

庞统认为：刘璋暗弱，我们不取西川，一定被别人所得；我们袭取西川以后，厚待刘璋，让他日子过得比原来还舒坦，大家的非议不就没有了吗？这段话完全是纵横家伎俩，其虚伪是显而易见的，所以力挺刘备的毛宗岗难得有一针见血之论："此处说封以大国，后乃欲袭杀之于涪城，何耶？"

其实刘备是极其热心要取西川的，只不过一直没有人主动地撺掇他干这事儿。所以虚伪一点不要紧，重要的是他解除了刘备的"心障"，为其找到了"理论依据"，从而为决策进取西川起了很大作用。所以进川部署中，庞统独领大任，以"总参谋长"（军师）的身份统带大军开拔了。这一任命无疑给凤雏先生打了一针强心剂，也进一步点燃了他内心深处名利的毒火。

庞统独当一面，意气洋洋，但在名利的毒火驱使下，进入西川的第一个计策就出了昏招。刘备进西川是打着"共抗曹贼，保卫和平"的旗号的，和刘璋事先已经有了很多沟通：看在汉室宗亲的情分上，为汉朝天下计，我是来帮你守御西川的。刘璋其实心地比刘备更仁厚，很容易被蒙骗，于是亲自迎接刘备兄弟，在涪城召开盛大的欢迎宴会。这种情况下，庞统迫不及待、心急火燎地擅自安排演出了一场"鸿门宴"的闹剧，在席间安排武将刺杀刘璋，结果被刘备及时阻止。刘备的智商肯定比不上庞军师那么高，但在这个问题上，刘备又一次表现出难得的清醒："军师，你怎么能擅自派人刺杀刘璋呢？我们刚到蜀中，恩信未立，你这时候杀掉刘璋，我们将来在蜀中怎样立足呢？"刘备看到的是大局，而庞统急于立功，他眼中名利的毒火已经在熊熊燃烧，挡住了一个高智商人物应该看到的一切。

要命的白马

不久，刘备跟刘璋索要大量粮饷。刘璋有点儿领悟刘备的野心，没有全部提供，只给了一少部分。刘备借此机会大发雷霆，撕毁刘璋书信，大骂使者，正式和刘璋翻了脸。庞统的机会又一次到来了，他忙不迭地向刘备献上策划已久的上中下三计：

> 只今便选精兵，昼夜兼道径袭成都，此为上计；杨怀、高沛乃蜀中名将，各仗强兵据守关隘，今主公佯以回荆州为名，二将闻之必来相送，就送行处擒而杀之，然后却向成都，此中计也；退还白帝，连夜回荆州，徐图进取，此为下计①。

这一段倒是集中展现了凤雏先生的智慧。所谓"三计"，其实只是"一计"。退回荆州绝不可能，自己干吗来了？回去还能再进得来吗？"径袭成都"也不可取，因为刘备"犹有不忍之心"（毛宗岗批语），也没有胜算。所以，只有"中计"可行。在庞统的指挥下，不仅顺利地杀掉了杨怀、高沛两位蜀中名将，且俘虏

---

① 第六十二回《取涪关杨高授首 争雒城黄魏争功》。

其二百从人，"不曾走了一个"，从而兵不血刃，赚得涪关，继而又轻易拿下名将冷苞。这时的凤雏先生，一派运筹帷幄、算无遗策的智慧风范，大有孔明神采。不仅刘备满意，大约庞先生也为自己的表现而得意哩！他觉得，自己正在稳步向着理想的境界迈进，那么，一切在前方出现的拦路者都应予清除，他已经看不见迫在眉睫的危险。于是就出现了下面的一幕：

> （马良）呈上军师书信，玄德拆书视之。略云："亮夜算太乙数，今年岁次癸巳，罡星在西方。又观乾象，太白临于雒城之分，主将帅身上多凶少吉。切宜谨慎。"……庞统暗思："孔明怕我取了西川，成了功，故意将此书相阻耳①。"

这里又出现了诸葛亮"多智而近妖"的一面，我们姑且不论，要注意的是庞统的心态。他对诸葛亮的警告完全不以为然，满心认为这是诸葛亮嫉妒自己，恫吓自己。他对刘备说："统亦算太乙数，已知罡星在西，应主公合得西川，别不主凶事。统亦占天文，见太白临于雒城，先斩蜀将冷苞，已应凶兆矣。主公不可疑心，可急进兵。"

他会算，我也会算；他会观天文，我也会观天文，而且结果不一样——这样的顺嘴胡说已经充分展露了前文我所分析的庞统

---

① 第六十三回《诸葛亮痛哭庞统　张翼德义释严颜》。

的热切、庞统的危机感、庞统心头的毒火。利益面前，这位本来智者的超高智商陡然下降，为我们提供了一个鲜活的"利令智昏"的例证。

在庞统百般催促下，刘备选择了继续进兵，但心里还是非常犹豫。刘备说："吾所疑者，孔明之书也。军师还守涪关，如何？"庞统大笑："主公被孔明所惑矣！彼不欲令统独成大功，故作此言以疑主公之心。"这就是把前面不好意思说出的话公开宣之于口了，在"毒火效应"之下，庞统已经无所顾忌。

庞统如此积极奋勇，一马当先，刘备也很感动："凤雏先生如此忠诚，我没什么可表示的，我这匹白马比你的马好，这就换给你吧！"庞统深施一礼："主公对我这么好，万死不能报也！"这句话成了谶语，很快就应验了。

庞统带兵前行，忽见眼前山势险恶，赶紧召来蜀中降兵一问："这是何处？"降兵回答："此地叫作落凤坡！"庞统大惊失色："哎呀！我道号凤雏，此地叫落凤坡，于我不吉！"赶紧下令退兵，但已经来不及了。落凤坡上早有蜀中名将张任埋伏好数千弓箭手，一声令下，万箭齐发。在山顶往下看，距离太远，看不清楚，张任告诉弓箭手："骑白马那个人一定是指挥官，集中射那匹白马！"刘备一番好意，但正是这匹白马把庞统的命给送了。一代奇才凤雏先生就此被射死在落凤坡下，年仅三十六岁。他的第一次独当一面成了他最后一次独当一面，也就是他一生中唯一的独当一面。

"出师未捷身先死，长使英雄泪满襟"，站在刘备的立场上，庞统之死确实可惜可叹。但我们也应该看到，庞统之所以落得这样一个结局，跟他的心术有着很大的关系。名利的毒火熊熊燃烧，好像二氧化碳完全消耗掉了氧气一样，隔绝了他的智商，让他对迫在眉睫的危险视而不见，不仅输给了名不见经传的张任，而且还搭上了自己的性命。张任充其量只是在西南一带小有名气而已，并无人赏鉴其才华如何如何伟大，可他忠于刘璋，一心御敌，称得上是"无欲则刚"的"大丈夫"①。一个是利益遮蔽了视线，一个是忠诚焕发了智慧，庞统和张任的对比不是可以让我们想到一些什么吗？

像凤雏先生这样的"盛名"，却死得如此轻巧而不值，不能不令人感慨"盛名之下"其实是有"虚士"的。炒作可以蒙蔽一时，较真儿的时候纸里就包不住火了。古往今来，如庞统先生这般为"炒作"而付出生命代价者不多，"盛名之下"的"虚士"却代不乏人的。对此，无论研究学问也罢，处世也罢，都要审其名，辨其实，拿怀疑的目光多扫几眼的好。

---

① 毛宗岗批语，见六十二回。

第十八讲

贾文和料敌决胜

 理解的执行，不理解的也执行

我要点评的第三个智慧人物是前面曾提到的小配角贾诩。仍然从那句我们翻用的名言说起："一个人干一件聪明事并不难，难的是一辈子只干聪明事不干蠢事。"按照这样一个标准来衡量的话，《三国志演义》中有谁能达到呢？

诸葛亮没做到，原因我们已经分析得很透彻；他的老对手司马懿也没做到，六出祁山他多次被诸葛亮打败；庞统当然更没做到，他是被炒作出来的智慧人物。我觉得有几个人是可以备选的：一个是郭嘉。他英年早逝之后，曹操每失败必痛哭郭奉孝："如果郭奉孝还在，不会让我栽这么大的跟头"，其他谋士闻言愧之；第二个是刘晔，此人高瞻远瞩，极有见地，几乎没有什么失误；第三个是陆逊，不仅智取荆州、夷陵之战表现杰出，此后历次战争也决断英明。

给我们留下印象最深的、最值得说的则是贾诩。所谓"长安城血雨腥风，起于辩士三寸舌端"，是他告诫李傕、郭汜"枪杆子里头出政权"，扭转了历史的发展方向，第一次出场给我们的印象是比较深刻的；又所谓"成也贾诩，败也贾诩"，贾诩最终和李傕、郭汜闹翻，单枪匹马回到西凉，间接导致了又一次最高权力的易手。

贾诩回到西凉以后，投奔了屯驻华阴的将军段煨，并很快在段煨军队中获得了极高的声望。段煨表面上对贾诩十分礼遇，但心里对贾诩十分戒备。贾诩心知肚明，干脆只身离开段煨，投奔了董卓四大部将之一张济的侄子张绣。有人问贾诩说："段煨将军如此厚待你，为何要弃之而从张绣呢？"贾诩说："段煨生性多疑，有猜忌我的意思，待遇虽然优厚，却不可依靠，待久了一定会被他所害。我现在离开，他一定很高兴，一定善待我的家人。"贾诩说得一点不错，段煨知道贾诩离去，心头去了一块大石，对贾诩家人比他在的时候还要好。这件事情就很能看出贾诩洞达人情的能力与惊人的谋略水平。

张绣这个人没有多大本事，但有一点好处：他深知贾诩的价值，对贾诩的话言听计从，理解的执行，不理解的也执行，所以贾诩对张绣很有知遇之感，日子过得相当顺心。没过多久，曹操为了清理后方，为与袁绍决战做准备，率大军逼降张绣。张绣咨询贾诩的意见，贾诩说："曹操实力强大，我们不是对手，还是投降的好。"张绣不太理解，但毫不犹豫地执行了。

🌀 "撩妹" 的代价 🌀

　　曹操本来做好了战斗准备，没想到张绣如此轻易地接受了和平改编，心情无比舒畅。这天晚上喝了几杯酒，动了好色的念头，问自己手下："此地可有妓女否？"他的侄子曹安民说："叔叔，我刚才四处巡视，走到张绣的叔叔张济的府第，见到张济的遗孀、张绣的婶婶邹氏，非常年轻漂亮，倾国倾城，如果您喜欢，我把她接来侍奉叔叔如何？"曹操大喜，马上命令曹安民把邹氏接到自己这里，一见之下，果然美貌非凡。曹操顺水推舟，把人情卖给这位美女了："我这次提大兵前来，本来是要屠城的，但是听说夫人的美艳之名，我觉得玉石俱焚，太可惜了，所以我们今天才有了这个和平的局面。如果夫人不嫌弃，以后就跟着我吧！"看来曹丞相"撩妹泡妞"的手段也是很高明的。

　　邹氏半推半就，也就顺从了曹操。尽管曹操再三叮嘱此事要保密，但在张绣的地盘上，哪有不透风的墙呢？张绣很快知道了这件事情，勃然大怒，说："操贼辱我！"毛宗岗对此有句批语，他说："张绣尚有血性"，换个人保不齐就跟着曹操叫叔叔了。张绣把贾诩找来："曹操辱我太甚，现在我要造他的反！"贾诩说："将军有此想法，我自然支持，但是要么不做，做就要做绝。咱们怎么能把曹操置于死地呢？要先解决曹操的亲兵队长典韦，此人手持双戟，有万夫不当之勇。我们找一个轻功高手胡车儿，把典韦的双戟偷出来，曹操就容易解决了。"

在贾诩的一手策划之下，这场著名的淯水之战（也称作"战宛城"）正式打响。曹操措手不及，遭遇惨败，士兵损失多达数万，曹操非常钟爱的长子曹昂死在乱军之中，导致他原配的丁夫人与他终生分居；他侄子曹安民也死在乱军当中；亲兵队长典韦死在乱军当中，甚至他心爱的坐骑大宛宝马也被乱箭射死。

残兵败将反而赢

曹操吃了这么大亏，岂能善罢甘休，回去整顿军队，卷土重来，要报这一箭之仇。张绣知道自己不是曹操对手，联络了荆州的刘表，组成张刘联军共抗曹操。双方各逞心机，互有胜负，相持不下：

> 操引军赶至南阳城下。绣入城，闭门不出……操自骑马绕城观之，如此三日。传令教军士于西门角上，堆积柴薪，会集诸将，就那里上城。城中贾诩见如此光景，便谓张绣曰……"某在城上见曹操绕城而观者三日。他见城东南角砖土之色，新旧不等，鹿角多半毁坏，意将从此处攻进，却虚去西北上积草，诈为声势，欲哄我撤兵守西北，彼乘夜黑必爬东南角而进也。"绣曰："然则奈何？"诩曰："此易事耳。来日可令精壮之兵，饱食轻装，尽蒙于东南房屋内，却教百姓假扮军士，虚守西北。夜

间任他在东南角上爬城。俟其爬进城时，一声砲响，伏兵齐起，操可擒矣。"绣喜，从其计。

　　早有探马报曹操，说张绣尽撤兵在西北角上，呐喊守城，东南却甚空虚。操曰："中吾计矣！"遂命军中密备锹？爬城器具，日间只引军攻西北角。至二更时分，却领精兵于东南角上爬过壕去，砍开鹿角。城中全无动静，众军一齐拥入。只听得一声砲响，伏兵四起。曹军急退，背后张绣亲驱勇壮杀来。曹军大败，退出城外，奔走数十里。张绣直杀至天明方收军入城。曹操计点败军，折兵五万余人，失去辎重无数[①]。

　　这个情节中已经可以看出贾诩很不一般的军事才能。再相持一些日子，曹操得知袁绍准备袭击许都，下令紧急退兵。张绣、刘表得知消息，准备立即率军追击曹操。贾诩一挥手给拦住了："二位将军，不能去追，此去必败！"张绣、刘表都想不通，敌人仓皇退兵，怎么可能不追呢？因为时间紧迫，也来不及听贾诩解释了，双方各起一万精兵，紧紧追赶。刚刚追上，就被曹操的后队打了个大败亏输，丢盔弃甲地跑回来。两位这才佩服贾诩有先见之明："贾先生，你太了不起了！你预言我们失败，我们果然被曹操打败了！"

　　贾诩说："先不忙着夸我，我们现在整顿残兵败将，再去追，这次肯定能打赢！"这回刘表说什么也不去了：刚才我们精兵强将

———————————

① 《三国志演义》第十七回至十八回。

决胜负贾诩谈兵

去追都输了，残兵败将再去追怎么能赢呢？但是张绣又恢复了"理解执行，不理解也执行"的本色，也来不及听贾诩解释了，先执行吧！张绣整顿七八千残兵败将，又去追，这次果然大获全胜，消灭了不少敌人，缴获了一批粮草辎重回来了。

仗是打赢了，张绣、刘表还是丈二和尚摸不着头脑，恭恭敬敬向贾诩请教："贾先生，为什么我们精兵强将去追，你说输，我们就输了；残兵败将去追，你说赢，我们反而赢了呢？"贾诩说："这事儿说起来简单：优秀的指挥官在撤退的时候，一定把最精锐的部队留在后面，保护全军安全。曹操身经百战，打仗是比较厉害的，恕我直言，你们两位不是曹操的对手，所以你们精兵强将也打不过曹操的殿后精英部队；但是我们被打败后再去追，敌人一定完全出乎意料，我们可以打他个措手不及，那我们就能打赢啊！"刘表、张绣听了这番话，佩服得五体投地。从这以后，张绣更巩固了这个原则：以后不管怎么不理解、不明白，一定听贾诩的话。这就是《三国志演义》第十八回回目上的"贾文和料敌决胜"，尽管贾诩是小配角，但作者没有删掉他的"戏份"，还是如实表现了他过人的军事才华、智慧风姿。

第十九讲

百分百智囊

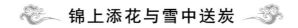
锦上添花与雪中送炭

又过一段时间，到了曹操、袁绍官渡之战的前夕。双方准备决战，事先都要扫清腹背之患，解除后顾之忧，张绣是"扫清""解除"的首要目标。袁绍派使者带来信函，劝张绣投降自己。让我们很意外的是，曹操居然也厚着脸皮，派人送来了一封劝降信。

两封信都送到张绣的当家人贾诩的手里。贾诩拿着两封信看了看，想了想，两手一分，"呲啦——"，先把袁绍的信撕碎了："请贵使回去上禀你家主公，他们兄弟之间尚且手足相残，我们追随到你家主公那儿，能有好日子过吗？这事儿你就别想了！"贾诩说的"手足相残"是指袁绍和袁术亲哥俩，这哥俩没什么情谊，动不动因为几十万斤粮食的小事就反目成仇，大打出手。所以贾诩说了这几句话，把袁绍的使者赶走了，回头一看，张绣坐那儿傻眼了：我们一共两个选择项，本以为跟曹操血海深仇，必然要投靠袁绍，结果你把袁绍这个选择项给勾掉了，难道我们投降曹操吗？

贾诩说："对，我们正是要投降曹操！为什么呢？理由有三：

第一，曹操挟天子以令诸侯，在战争中他是正义一方，追随他名正言顺；第二，曹操是做大事的人，成大业者必然不拘小节，不究往恨，他不会因为以前的恩怨难为你，我保你在曹操手下安然无事，不会遭到报复。"第三条最高明，贾诩说："现在袁强而曹弱，我们投降袁绍，对袁绍来说是锦上添花，人家多我们一个不多，少我们一个不少，一定不拿我们当回事儿；如果投降曹操，这是雪中送炭，关键时刻我们拉了兄弟一把，曹操一定感激终生，必然厚待将军！"这个选择如此出人意料又如此合乎情理，充满了政治智慧与人生智慧，难怪毛宗岗也很敬佩地说："今之锦上添花者，好向富厚处纳款，不乐向寡乏处通情，请听贾诩之论！"①

　　我们也不知道张绣听没听明白，估计没太理解，反正也没有别的选择，只好按照贾诩的说法投降了曹操。恩怨纠葛，曹操见了张绣能说什么呢？小说在这里写得很妙：曹操攥着张绣的手说："有小过失，勿记于心。"毛宗岗又有批语云："乱其叔母，乃曰'小过失'，亏他这副老面皮"，这是说得很辛辣的。贾诩的选择是完全正确的，曹操不仅成了大业，而且确实没有因为之前的恩怨报复张绣，张绣始终是曹操手下将领中地位最高、待遇最好的一个，后来寿终正寝。

　　政治是什么？我们说得简单一点，通俗一点，政治学的精髓就是两个字：站队——站对了队，荣华富贵；站错了队，一生全废。贾诩这一次"站队"无疑是"大对而特对"，若干年之后，他又一次面临"站队"的选择。这一次也同样生死攸关。

---

① 《三国志演义》第二十三回。

抱腿大哭

　　若干年后，曹操进魏王，加九锡，距皇位一步之遥。不少人劝他代汉自立，曹操都拒绝了。他的意思很清楚：以魏代汉是必然的事情，谁被立为王世子，谁就是将来的魏国皇帝。谁有条件被立为王世子呢？一个是现存的长子曹丕曹子桓；一个是曹操最喜欢的曹植曹子建。我们知道，这父子三个合称"三曹"。按说曹丕也是罕见的大才子，但是很不幸，他的竞争对手是超级大才子、才高八斗的曹植。

　　"才高八斗"这个成语正是形容曹植的。谁说的这句话呢？南朝大才子谢灵运。谢灵运说得很有意思："天下之才，总共一石，子建独得八斗，我得一斗，剩下一斗天下人共分之"，这么狂妄的人，还承认曹植的才华是自己的八倍！这样的盖世才华，曹操当然更是喜欢得不得了。每次曹操出征或巡视的时候，曹植都写出非常美的诗赋，站在台阶上高声朗诵，曹操越听越爱，越看越爱。再一听曹丕写的，差远了！感情的天平自然严重倾斜到曹植这一边，但是恪于"立长不立幼"的说法，还在举棋不定之中。

　　曹丕焦急无奈，只好偷着求教贾诩："贾先生，现在形势对我非常不利，我应该怎么办才能扳回一点比分呢？"贾诩说："我告诉你一个办法：咱们写诗作赋不是比不上子建吗？以后咱还不写了呢！以后魏王再出征巡视的时候，你就抱着魏王的腿哭就行啦！"曹丕也不太理解：这能起作用吗？先试试吧！

曹操一开始有点厌烦曹丕：这个子桓怎么回事？之前写不过子建也就罢了，现在居然还退出比赛了！居然什么都不写，抱着我腿哭干吗？时间长了，曹操慢慢明白过来了：子建文才确实了不起，但是我出征巡视，也有一定风险，子建一点儿都不往心里去，没心没肺，卖弄辞藻，还是人家子桓有父子之情，懂得心疼我、关怀我。看来论人品，子桓还是比子建强啊！曹操这么一想，曹丕略微扳回一点局面，但之前比分落后太多，情况依然很不乐观。

　　有一天，曹操心血来潮，又想起立王世子的事情，正赶上贾诩在身边，就问了他一句："文和，我也应该正式立王世子了，你说我应该立谁呢？"没想到，曹操问了这句话，贾诩就像没听见一样，不抬头，也不回答。曹操以为贾诩真没听见，提高了声音说："文和先生，你说我应该立谁当王世子呢？"贾诩还是不回答，就跟没听见一样，最后问得曹操都火了："我跟你说话呢！怎么回事儿啊你！"贾诩一副如梦初醒、恍然大悟的样子："哎呀魏王，对不住呀！我刚才在想一件重要的事，没听见你问我的话。"贾诩这么一说，曹操好奇心被引逗起来了："你想什么事儿这么重要，我问你话都听不见？"贾诩说："我在想袁本初、刘景升之事尔！"

　　这一句话，十来个字，但信息量太大了！袁本初是谁？袁绍。袁绍在官渡、仓亭接连被曹操打败，去世前要立继承人，按立长的原则，应该立长子袁谭，结果他立了自己喜欢的小儿子袁尚，导致袁氏兄弟自相残杀，没有几年就把大好基业全部葬送，拱手送给了曹操。刘景升是谁？刘表。刘表在荆州，按照立长原则，应该立长子刘琦为继承人，结果宠信蔡夫人，立了小儿子刘琮，曹操大兵南下，刘琮举荆襄九郡拱手投降，父辈基业一夕之间灰飞烟灭。这两件事都是曹操亲身经历的，一听全都明白了。曹操哈哈大笑，传下魏王令旨：即日立曹丕为王世子，那就是后来的魏国开国皇帝魏文帝。你说贾诩说了什么？什么都没说，但也什么都说了。一句话扭转乾坤，改变大局，这样的政治智慧真是令人惊叹！

全能智囊

但是贾诩的智慧还不止于此。因为拥立之功，曹丕登基称帝之后，封贾诩为太傅，是为文官之首，地位非常显赫。但贾诩并不因此居功自傲，而是地位越显赫，做人越低调，不仅自己小心谨慎，而且还约束家人弟子，不得借自己的地位胡作非为，最后贾诩平安度过一生，以七十七岁高寿安然逝世。他所生活的汉魏时期，是中国历史上文人命运最糟糕的一个时期，常常莫名其妙被卷进政治旋涡，动辄得咎，很少有能够明哲保身的。在人生这个大关节上，贾诩仍然表现出了绝顶的智慧，这是他更加了不起的成就。

这让我们想起《论语》中的一段记载：孔子评价一个叫南容的学生："南容，可妻也。"为什么呢？南容这个人非常有才华，而且情商非常高："邦有道，不废；邦无道，可免于刑戮。"这就是说，南容的智商和情商足以让他在太平盛世中实现自我价值。到了乱世，这些智慧又能让他明哲保身。免于成为政治斗争的无辜牺牲品，所以说"南容可妻也"，但说完这话孔子就犯愁了：自己的女儿已经嫁给一个叫公冶长的学生了，没有女儿可以嫁给南容了，怎么办呢？于是，孔子把自己的侄女嫁给了南容。

"邦有道，不废；邦无道，可免于刑戮"，我觉得这两句话移到贾诩身上是恰到好处的。贾诩不仅是百分百智囊，而且是"全能智囊"，他的军事智慧、政治智慧、人生智慧都同样杰出，我们不能因为他是一个小配角而低估他的智慧水平，而应该让他的智慧成为我们谋胜人生的一个重要的亮点。

第二十讲

于禁:无言的结局

分辩事小，退敌事大

这一讲我们点评第四个、也是最后一个智慧人物。回头总结一下，前面我们讲过的三个人物呈现了一种"名气/地位递减"趋势。诸葛亮是《三国志演义》的"三绝"之一，当之无愧的男主角；庞统我们也相对熟悉，因为"伏龙凤雏"并称，地位比较重要；贾诩我们就比较陌生了，比"死跑龙套的"戏份稍重一点而已。这里我们要讲到的于禁比贾诩戏份还要少，他只出场了两次，也就是比"曹兵甲""曹兵乙"稍微强一点，基本上是个"龙套角色"。其实于禁这个名字在书中出现的频率并不低，只不过绝大多数情况下，于禁不是作为一个人，而是作为一个战场上冲杀的"道具"出现的。一般都是"于禁出马，跟某某某大战数十回合，或胜或败"一类描述，谈不上作为一个角色出现。能作为一个人出现，有思想，有语言，有人物性格，乃至反映出深层心灵世界，这样的于禁在书中一共只有两次。但就是这两次出场，让我们看到了非常丰富复杂的人性。在这个意义上来说，《三国志演义》作为一部名著自有它的艺术魅力和经典价值。

于禁第一次出场是什么时候呢？正是在前文提到的淯水之战之中。淯水之战曹操损失惨重，儿子、侄子、亲兵队长、大宛宝马全都牺牲了。曹操带着残兵败将向青州狼狈逃窜，张绣率领人马紧追不舍。快赶到青州的时候，迎面遇见自己这边的一路败兵，赶紧拦住问："你们是哪位将军的部下？"对面士兵回答："我们是镇守青州的夏侯惇将军部下。"曹操一听这话，心凉了半截，自己正要投奔青州，青州遭到袭击，自己岂不是无路可逃了吗？赶紧追问："谁在追杀你们？"士兵回答："平虏校尉于禁！"

听到这个名字，曹操血都凉了。于禁是最早追随曹操的大将之一，一向忠心耿耿，如果连他都"反水"，自己可就走入绝境了。说话之间，眼看败兵后面，于禁领着人马已经追杀到眼前了。曹操来不及考虑更多，只好命令手下："排开战斗队形！迎击于禁，消灭反叛！"令他没有想到的是，于禁在对面也迅速展开战斗阵形，而且率先发出了进攻信号。只不过进攻的方向不是曹操，而是曹操后面的张绣部队。于禁率军猛冲猛杀，击退了张绣，这才来参见曹丞相。

曹操擦擦冷汗，长出了一口气，但还是要质问于禁："为何追杀夏侯惇的部队？"于禁说："夏侯惇治军不严，放纵军士掳掠百姓，大失民望，我作为平虏校尉，负有监察整顿职责，自然要按军律惩处那些士兵。"曹操点点头，接着问："那你为什么不跟我先解释清楚，而是直接摆开战斗队形呢？看把我吓得这一身冷汗！"于禁淡淡地回答了八个字："分辩事小，退敌事大。"

读此一段，我们能看到两层意思。其一，于禁懂得"肆行劫掠，大失民望"之严重性，断然采用"于路剿杀"的非常手段处置之，可见不是一般的战将，颇有政治头脑。其二，当曹操听了青州兵的谣言，提兵问罪之际，他能审时度势，首先考虑到追兵在后，需要自己这一支劲旅作为屏障，故出人意料地选择"射住阵角，凿堑安营"，摆出迎敌的架势，不惜以曹操暂时的误会换取稍纵即逝的战机，最终反败为胜。曹操的评价是中肯的，他拍着于禁的肩膀说："将军在匆忙之中，能整兵坚垒，任谤任劳，使反败为胜，虽古之名将，何以加兹！"乃赐以金器一副，封益寿亭侯，同时重责夏侯惇治军不严之罪。在这个事件中，曹操的领导艺术也很值得称道。夏侯惇是他的本家兄弟，地位远高于于禁，但是，曹操心地平正，是非清楚，赏罚分明，这是作为优秀领导人的重要品质。

这是于禁作为有血有肉的人物的第一次出场，可谓光芒四射，其风范不弱于任何一位古今名将。因此，于禁屡次被委以重任，比如赤壁之战前夕，曹操中了反间计，杀掉蔡瑁、张允以后，就委任于禁担任水军都督之职，可见他对于禁一直是非常欣赏和放心的。

贾诩奇计间韩遂

之后很长一段时间，于禁仍然是作为"道具"存在的。一直到了关羽军事生涯的顶峰——水淹七军这一段，于禁才又一次登台亮相。当时关羽镇守荆州，屡败曹军，威名远震，曹操甚至想迁都避之。谁能对付关羽呢？手下经验丰富的大将凋零过半，于禁几乎成了主帅的唯一人选。曹操命于禁率领七支军队组合成集团军，前去对抗关羽，但先锋官还没有合适的人选。这时候，庞德自告奋勇，愿意承担这项重任。

庞德什么来历呢？他本来是西凉马超手下的一员勇将。当年潼关大战，马超杀得曹操割须弃袍，这是曹操平生最狼狈的时刻之一。什么叫作"割须弃袍"？请看第五十八回：

> 马超、庞德、马岱引百余骑，直入中军来捉曹操。操在乱军中，只听得西凉军大叫："穿红袍的是曹操！"操就马上急脱下红袍。又听得大叫："长髯者是曹操！"操惊慌，掣所佩刀断其髯。军中有人将曹操割髯之事，告知马超，超遂令人叫拿："短髯者是曹操！"操闻知，即扯旗角包颈而逃。后人有诗曰："潼关战败望风逃，孟德怆惶脱锦袍。剑割髭髯应丧胆，马超声价盖天高。"①

这场战役中，庞德有着非常杰出的表现，勇武程度几乎不下于马超，给曹操留下了很深刻的印象。武力上占据如此优势的马超后来为什么失败了呢？这又是一个智慧战胜武力的经典个案，叫作"曹操抹书间韩遂"，值得说一说。

曹操被打败以后，免战不出，马超不断增兵围困曹军。曹操

---

① 第五十八回《马孟起兴兵雪恨 曹阿瞒割须弃袍》。

每次收到马超增兵的消息，都霁然色喜，召集众将喝酒庆贺。大家全都摸不着头脑，以为丞相被马超吓糊涂了。曹操告诉手下将领，马超增兵就是分兵，敌人分兵，我们才有机可乘。这一天，手下禀告：今天是马超的盟叔父韩遂的部队在我军正面。曹操大喜，传令出战。

阵势排开了，仗并没有打起来。曹操单人独骑、轻裘缓带来到阵前，高叫："请韩遂将军出来答话！"韩遂一看曹操没有恶意，也就单人独骑，与曹操马头相交，按辔对语。曹操跟韩遂一不谈军事，二不谈政治，说的全是家常话："将军，我们有十几年不见了吧？将军青春几何啦？"韩遂说："哎呀，一晃四十多岁了！"曹操又说："想起当年咱们在长安见面的时候，将军雄姿英发，青春年少，想不到这么多年过去，我们都老了，天下还没太平……"整整说了一个来小时的闲话，仗也没打，双方各自收兵回去了。

回去以后，曹操问贾诩："你知不知道我今天跟韩遂说闲话的用意呢？"贾诩笑道："我知道丞相是想用反间计，但光靠阵前谈话还不够。我建议丞相给韩遂写一封信，上面写一些机密的事情，但是把要紧的地方拿墨涂掉，涂成乱七八糟的草稿的样子，派人大张旗鼓给韩遂送去。这才能起更大的作用。"曹操一听：好！妙计！按照贾诩所说写了一封"草稿信"，大张旗鼓送到韩遂军营。

韩遂把信拆开，看来看去在那儿纳闷，为什么把草稿送来了呢？这时候马超收到消息，大步流星赶过来了，伸手抢过信来一看，脸拉下来了："叔父，你与我父马腾那么好的朋友，我们共同攻打曹操，为我父亲报仇。这信是怎么回事儿啊？你怎么能跟曹操通情纳款呢？"韩遂一头雾水："我也不知道啊！曹操送来的信就是这样啊！""那怎么可能呢？曹操为人精细，怎么可能送草稿过来？我看是叔叔你怕我看见什么机密，自己涂的吧？"马超气呼呼夺门而出，从此与韩遂结下了很重的心病，冲突日益激烈，终于酿成了下面这一幕：

　　遂曰："汝若不信吾心，来日吾在阵前赚操说话，汝从阵内突出，一枪刺杀便了。"超曰："若如此，方见叔父真心。"两人约定。次日，韩遂引侯选、李堪、梁兴、马玩、杨秋五将出阵。马超藏在门影里，韩遂使人到操寨前，高叫："韩将军请丞相攀话。"操乃令曹洪引数十骑径出阵前与韩遂相见。马离数步，洪马上欠身言曰："夜来丞相拜意将军之言，切莫有误。"言讫便回马。超听得大怒，挺枪骤马，便刺韩遂。五将拦住，劝解回寨。遂曰："贤侄休疑，我无歹心。"马超那里肯信，恨怨而去。

　　韩遂与五将商议曰："这事如何解释？"杨秋曰："马超倚仗武勇，常有欺凌主公之心，便胜得曹操，怎肯相让？以某愚见，不如暗投曹公，他日不失封侯之位。"遂曰："吾与马腾结为兄弟，安忍背之？"杨秋曰："事已至此，不得不然。"遂曰："谁可以通消息？"杨秋曰："某愿往"……操大喜……约定放火为号，共谋马超。

　　……超潜步入韩遂帐中，只见五将与韩遂密语，只听得杨秋口中说道："事不宜迟，可速行之！"超大怒，挥剑直入，大喝曰："群贼焉敢谋害我！"众皆大惊。超一剑望韩遂面门剁去，遂慌以手迎之，左手早被砍落……操军

逼合，正在危急，忽西北角上一彪军杀来，乃庞德、马
岱也。二人救了马超……止剩得三十余骑……望陇西临
洮而去①。

在这出"抹书间韩遂"的经典反间计作用下，马超的大好局
面彻底丧失，只好投奔汉中张鲁，又在与刘备作战过程中加入了
刘备阵营。其时庞德卧病在床，没有随从马超出征，而是后来随
同张鲁投降了曹操。通过上面的叙述我们能得出一个结论：庞德
投靠曹操非常之晚，不过三数年而已，和鞍前马后数十年资历的
于禁无法相比，但现在恰恰是这个归降不久的庞德奋勇请缨。曹
操大喜："我遍观麾下勇将，庞德足称关羽之敌手！"于是正式委
任庞德为征西都先锋。

于禁当时没有提出异议，退下以后，帐前两位校尉跟于禁建
议："不应该让庞德当先锋官。为什么？庞德旧主马超现在西川
任五虎上将，他长兄庞柔也在西川为官。如果庞德因为这些关节
阵前反水，我们岂不死无葬身之地吗？"

于禁恍然大悟，跟曹操把情况汇报一下，曹操也明白过来
了，赶紧把庞德叫来，命令他把先锋印信交出。庞德大惊："某正
欲与大王出力，何故不肯见用？"曹操在这儿用了一点权术，他
说："孤本无猜疑，但今马超现在西川，汝兄庞柔亦在西川，俱佐
刘备。孤纵不疑，奈众口何？"庞德一听此言，叩头出血："丞相，
我和旧主马超已经恩断义绝，既然投靠了丞相，自然要忠心耿耿

---

① 第五十九回《许褚裸衣斗马超　曹操抹书间韩遂》。

给丞相做事。我年轻的时候，嫂子不贤，被我杀掉了，我和大哥之间只有仇恨，没有手足之情。只要丞相放心让我出任先锋，庞某必挫关羽三十年之声价！丞相你来看，我已经打造了一口棺材，这次我要抬棺出征。等我回来的时候，这个棺材里边不是盛着关羽的尸首，就是我庞德的尸首！"

　　话说到这个份上，曹操也很感动，对庞德好言抚慰："孤素知卿忠义，前言特以安众人之心耳！卿可努力建功，卿不负孤，孤亦必不负卿也。"于禁、庞德到达前线，会战关羽。庞德一马当先，与关羽大战上百回合，一冷箭射中关羽左臂，已经胜算在握。但谁也没有想到，在这关键时刻，身为主帅的于禁突然出了"幺蛾子"。

第二十一讲

人固不易知也

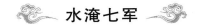
水淹七军

于禁之所以为曹营名将，主要并不在于其勇力，而在于能识大体，且多谋善断，很有点智商，所以曹操才会委以重托，让他主持对敌名气更大的关羽。可惜曹操没能看清于禁的蜕化，没能料到那个壮年时任谤任劳、顾全大局的于禁已经变成了一个唯恐庞德"成了大功，灭禁威风"的嫉贤妒能的小人。一个人一旦被私利挡住了眼睛，就多半会像于禁一样，"大体"固然置之脑后，连智商也大大降低，甚至应该保存的一点气节人格也都没有了。

面对战场上的优势局面，于禁竟然嫉妒庞德，担心他独成大功，于是命人鸣金收兵。所谓军令如山，不得不从，庞德只好懊丧地放弃了大好战机，回来质问于禁："主帅为何鸣金？再有几个回合我就可以擒斩关羽！"于禁只好一味遮掩："魏王有戒：关公智勇双全。他虽中箭，只恐有诈，故鸣金收军。紧行无好步，当缓图之。"庞德不明原因，只能恨恨而退，这就给了关羽一个难得的喘息机会，演出了"水淹七军"的好戏：

　　却说魏军屯于罾口川，连日大雨不止，督将成何来见于禁曰："大军屯于川口，地势甚低。虽有土山，离营稍远。即今秋雨连绵，军士艰辛。近有人报说荆州兵移于高阜处，又于汉水口预备战筏；倘江水泛涨，我军危矣，宜早为计。"于禁叱曰："匹夫惑吾军心耶？再有多言者斩之！"成何羞惭而退，却来见庞德，说此事。德曰："汝所见甚当。于将军不肯移兵，吾明日自移军屯于他处。"

　　计议方定，是夜风雨大作。庞德坐于帐中，只听得万马争奔，征鼙震地。德大惊，急出帐上马看时，四面八方，大水骤至，七军乱窜，随波逐浪者，不计其数。平地水深丈余，于禁、庞德与诸将各登小山避水。比及平明，关公及众将皆摇旗鼓噪，乘大船而来。于禁见四下无路，左右止有五六十人，料不能逃，口称愿降。关公令尽去衣甲，拘收入船……

　　见关公来，庞德全无惧怯，奋然前来接战……自平明战至日中，勇力倍增。关公催四面急攻，矢石如雨……众军皆降，止有庞德一人力战。正遇荆州数十人，驾小船近堤来，德提刀飞身一跃，早上小船，立杀十余人……庞德一手提刀，一手使短棹，欲向樊城而走。只见上流头一将撑大筏而至，将小船撞翻，庞德落于水中。船上

那将跳下水去，生擒庞德上船。众视之，擒庞德者，乃
周仓也……①

　　按照正常的情理逻辑，庞德如果跪地乞降，那是说得过去
的。毕竟他跟随曹操时间很短，感情不深，而且有旧主马超和
他大哥庞柔的双重渊源，现在面临生死关头，投降保命不能算
难以理解，但是庞德完全不听关羽好言劝降，不仅立而不跪，
而且破口大骂。关羽一怒之下，令人将庞德推出去杀掉，以成
其名。

　　让我们很意外的是，追随曹操一生的于禁与庞德恰好形成鲜
明对比。他叩头乞命，丑态百出："君侯饶命啊！我这是丞相差
遣，不敢不来，君侯饶了我，将来我一定有所报答！"关羽很瞧不
起于禁的行径，冷笑一声道："我杀你，如杀猪狗耳，但恐污了我
的刀斧！"命人将于禁送回荆州囚禁，日后再行发落。

　　但是，关羽已经没有机会发落于禁了。因为之前没有大局
观，没有政治敏锐性，关羽粗鲁莽撞地大骂孙权，孙权借荆州防
备空虚的机会，派吕蒙、陆逊夜袭荆州，关云长败走麦城，被孙
权杀掉。孙权用了移花接木之计，表面上臣服曹操，所以把于禁
解救出来，送回曹操那里。曹操见了于禁，百感交集："于禁跟我
三十年，鞍前马后，功劳卓著，何期临难反不如一庞德也！"

---

① 第七十四回《庞令名抬榇决死战　关云长放水淹七军》。

人固不易知也

在这句话下面，毛宗岗也有一句深沉的感慨："人固不易知也，知人亦不易也！"是啊，人性太复杂了，太深刻了，就连曹操这样了不起的政治领袖都没办法了解其中的奥妙。曹操毕竟还是比较宽厚大气的，尽管于禁让他如此失望愤怒，但也没有进一步处置于禁。等到曹操一死，曹丕继魏王位，对于父亲遗留下来的老臣，就没有那么客气厚道了，尤其是对他很不齿的于禁。

但是，父亲尸骨未寒，处置于禁不能做得太明显，于是曹丕使了个阴招。他把于禁找来："你是追随我父时间最久的、也是他最信任的武将，现在我父去世了，修陵墓的监工职责你来承担最合适。"于禁领了新魏王令旨，到曹操陵墓工地一看，曹丕对自己不错，大办公室都给自己盖好了，但进了办公室一看，墙上画满了巨幅壁画：这一幅画的是水淹七军，那一幅画的是庞德英勇杀敌，再一幅画的是于禁匍匐在关羽面前，叩头求饶，丑态百出……于禁知道这是曹丕羞辱自己，又惭愧，又恼怒，没有几天，就抑郁成疾，死在曹操陵墓工程当中。曾经大有名将风范的于禁落得如此下场，用一首老歌的名字来形容很恰当，那就是"无言的结局"。

于禁两次出场，表现大相径庭，出现了巨大的反差，从中我们确实看见了人性的复杂、人性的深不可测。一个人年轻时候不畏强权，不畏死亡，却临到老来，在敌人的刀下瑟瑟发抖，摇尾乞怜。这样的变化诚然是富于戏剧性的，可也并不罕见。我们在真实历史、其他文学作品中，都能看到类似的情况。

汪精卫与花铁干

例如汪精卫。汪精卫早年是革命党当中最为意气风发、慷慨侠烈的一个，晚清时曾经刺杀摄政王载沣，也就是溥仪的父亲，刺杀不成，汪精卫被关在死囚牢等待处决。他写下脍炙人口的《狱中题壁》："慷慨歌燕市，从容做楚囚。引刀成一快，不负少年头"，最为充分地体现了那一代民主先驱的侠烈风范。但是谁能想得到呢？到了1938年12月，这位国防最高会议副主席、国民党副总裁竟然潜逃越南，发表"艳电"，公开投降日本，并一手组建了汪伪政权，从而最终被牢牢钉在了历史的耻辱柱上。他这一生的巨大反差，不是和于禁很像吗？对于他的复杂深刻的人性，其实我们迄今并没有一个让人很信服的解释，这是20世纪中国历史研究中的一个疑点。

再举个例子，来自金庸的小说《连城诀》。我常常讲金庸小说，有时候学生问我："老师，要看多少遍金庸小说才能像你这样讲金庸呢？"我回答他们说："具体看多少遍我也没统计过，这么跟你们说吧：金庸小说里《连城诀》我是看得最少的一部。不是因为这部书写得不好，而是因为写得太苦。狄云从头被诬陷到尾，肉体、精神受到无数折磨，让人看了心里堵得慌，所以我看得最少，大概只看过三十遍吧！至于其他我喜欢看的，看了多少遍就算不过来了。”

　　我的意思是说，从技巧、水平而言，《连城诀》写得还是不错的，其中特别是花铁干这个形象，可谓别有意味。小说中写了中原四位顶尖高手：陆天抒、花铁干、刘乘风、水岱，合称“落花流水”。这合称不大吉利，果然被西域番僧血刀老祖杀了个落花流水。陆、刘、水三位或死或伤，只剩下花铁干。这个时候：

　　血刀僧连斗三位高手，三次死里逃生，实已累得筋疲力尽，倘若和花铁干再斗，只怕一招也支持不住。花铁干的武功本来就不亚于血刀僧，此刻上前拼斗，血刀僧非死在他枪下不可，只是他失手刺死刘乘风后，心神沮丧，锐气大挫，再见到陆天抒断头、水岱断腿，吓得胆也破了，已无丝毫斗志。

　　血刀僧见到他如此害怕的模样，得意非凡，叫道：“嘿嘿，我有妙计七十二条，今日只用三条，已杀了你江南三个老家伙，还有六十九条，一条条都要用在你身上。”

　　花铁干多历江湖风波，血刀僧这些炎炎大言，原来骗他不倒，但这时成了惊弓之鸟，只觉敌人的一言一动之中，无不充满了极凶狠极可怕之意，听他说还有六十九条毒计，一一要用在自己身上，喃喃地道：“六十九条，六十九条！”双手更抖得厉害了。

　　血刀老祖此时心力交疲，支持艰难，只盼立时就地躺倒，睡他一日一夜。但他心知此刻所面对的实是一场生死恶斗，其激烈猛恶，殊不下于适才和刘乘风、陆天抒等的激战。只要自己稍露疲态，给对方瞧出破绽，他出手一攻，立时便伸量出自己内力已尽，那时他短枪戳来，自己只有束手就戮，是以强打精神，将手中血刀盘旋玩弄，显得行有余力。他见花铁干想逃不逃的，心中不住催促："胆小鬼，快逃啊，快逃啊！"岂知花铁干这时连逃跑也已没了勇气……

血刀僧狞笑道："……哈哈，妙极，很好！花铁干，你要投降？可以，可以，我可以饶你性命！血刀老祖生平从不杀害降人。"

花铁干听了这几句话，斗志更加淡了，他一心一意只想脱困逃生，跪下求饶虽是羞耻，但总比给人在身上一刀一刀地宰割要好得多。他全没想到，若是奋力求战，立时便可将敌人杀了，却只觉眼前这血刀僧可怖可畏之极。只听得血刀僧道："你放心，不用害怕，待会你认输投降，我便饶了你性命。决计不会割你一刀，尽管放心好了。"这几句安慰的言语，花铁干听在耳里，说不出的舒服受用。

血刀僧见他脸露喜色，心想机不可失……持刀走到他身前，说道："大丈夫能屈能伸，很好，你要向我投降，先抛下短枪，很好，很好，我决不伤你性命。我当你是好兄弟！抛下短枪，抛下短枪！"声音甚是柔和。

他这几句说话似有不可抗拒的力道，花铁干手一松，短枪抛在雪地之中。他兵刃一失，那是全心全意地降服了……

花铁干看到这般情景，心下大悔："水兄弟说得不错，这恶僧果然已是真气耗竭，早知如此，我一出手便结果了他的性命，又何必吓成这等模样？更何必向他磕头求饶？"自己是成名数十年的中原大侠，居然向这万恶不赦的敌人屈膝哀恳，这等贪生怕死，无耻卑劣，想起来当真无地自容。①

这一段引文长了一些，之所以引这么多是因为它细腻地揭示了花铁干的人性黑暗面爆发的过程，从此之后，他掩埋了数十年的黑暗人性再也难以遏制，变得比一般的卑鄙残狠之徒犹有过之，从一代大侠变成完全无节操、无底线的败类。于禁、汪精卫、花铁干，这些历史形象和文学形象都让我们看到：人性是善恶兼具的，每个人都是天使和魔鬼的混合体，每个人的双脚都踩在光明与黑暗的交界线上。对于这种复杂、黑暗、深刻的人性，我们应当给予客观的认识，构建一套好的制度来抑制恶、弘扬善。一套好的体制会把人往天使和光明的方向推进一步，一套恶的体制则会把人往黑暗和魔鬼的方向推进一步。从这个意义上讲，任何一套政治、经济以及其他体制的建立，本质上说都是哲学命题，那都是基于对人性的认识而产生、调整和改进的。

像于禁这样的龙套角色，写他的笔墨不过数百字而已，却能让我们思考到人性的哲学命题，这再次向我们展现了《三国志演义》的名著魅力、名著价值。

---

① 《连城诀》第七章《落花流水》，广州出版社 2015 年重印版，第 202—207 页。

附录

诗联赏三国

　　所谓"心解",也就是自己主观的感悟体会,我在上面二十多讲中已经跟大家分享完了。这里再附上一讲,作为全书的"花絮"或者"彩蛋",我们从诗词、对联的角度来看看中国历史上最有魅力的三国。

　　因为熟悉,因为有魅力,三国自然就成了大家争相吟咏的"热门"对象。所谓"念天地之悠悠,独怆然而涕下",三国历史既适合抒发思古之幽情,又适合寄托讽今之壮怀,古往今来,名篇众多,脍炙人口。我们随手列举,就能想起杜甫的《咏怀古迹》其四:

　　　　　蜀主窥吴幸三峡,崩年亦在永安宫。
　　　　　翠华想像空山里,玉殿虚无野寺中。
　　　　　古庙杉松巢水鹤,岁时伏腊走村翁。
　　　　　武侯祠堂常邻近,一体君臣祭祀同。

杜甫的《蜀相》：

> 丞相祠堂何处寻，锦官城外柏森森。
> 映阶碧草自春色，隔叶黄鹂空好音。
> 三顾频烦天下计，两朝开济老臣心。
> 出师未捷身先死，长使英雄泪满襟。

杜甫的《八阵图》：

> 功盖三分国，名成八阵图。
> 江流石不转，遗恨失吞吴。

刘禹锡的《西塞山怀古》：

> 王濬楼船下益州，金陵王气黯然收。
> 千寻铁锁沉江底，一片降幡出石头。
> 人世几回伤往事，山形依旧枕寒流。
> 从今四海为家日，故垒萧萧芦荻秋。

杜牧的《赤壁》：

折戟沉沙铁未销，自将磨洗认前朝。

东风不与周郎便，铜雀春深锁二乔。

辛弃疾的《南乡子·登京口北固亭有怀》：

何处望神州，满眼风光北固楼。千古兴亡多少事，

悠悠，不尽长江滚滚流。

年少万兜鍪，坐断东南战未休。天下英雄谁敌手，

曹刘，生子当如孙仲谋。

当然还有千年词坛第一名篇，苏轼的《念奴娇·赤壁怀古》，我们就不浪费篇幅引文了。上面这些名篇没有必要再讲，我们来讲一点唐诗宋词之后的作品，或者更有意思一些，也更符合我的专业方向。

首先是名气绝不在上面那些唐诗宋词之下的《三国志演义》开篇词，我们再来温习一下：

滚滚长江东逝水，浪花淘尽英雄。是非成败转头

空。青山依旧在，几度夕阳红。

　　白发渔樵江渚上，惯看秋月春风。一壶浊酒喜相逢。古今多少事，都付笑谈中。

　　上文说过，这首词的作者并不是罗贯中，而是杨慎。这是毛宗岗改定《三国演义》的时候抄来放在书前作为总纲的。经过现代电视艺术的传播、杨洪基的演唱，更是家弦户诵，尽人皆知。杨慎是何许人也？杨慎（1488—1559），四川新都人，明正德六年（1511）二十三岁时殿试第一，授翰林院修撰。当年明月在《明朝那些事儿》中有如下说法：

　　　　在那一年，他的父亲杨廷和已经是入阁掌控大权的重量级人物。古人是讲面子的，像杨慎这种高干子弟如果中了状元，不但不是个光彩的事情，反而会引发很多人的议论。可怪就怪在这件事情没有引发任何争议。因为所有的人都认为杨慎是理所当然的状元，他少年时，学名已经传遍天下，这个人还有个著名的外号——"无书不读"，由此可见他博学到了何等程度。于是杨慎中状元就成了很正常的事情，他要是不中，反倒是新闻了。

　　明朝有三大才子：《永乐大典》主编解缙是一个，诗文书画全能而且兵法出色的徐渭是一个，但排在他们之前拿冠军的是杨慎，我们熟悉的唐伯虎都根本没有进入总决赛。按照这样的起点，杨慎以后前途不可限量，眼看着是逼近苏东坡的节奏。可是世事难料，到了嘉靖三年（1524）他三十七岁的时候，因为"议大礼"的问题，杨慎得罪了嘉靖皇帝，挨了一顿廷杖，谪戍云南永昌卫（今云南保山），三十余年后死于戍地，命运比苏东坡还要坎坷，也就失去了成为文化巨人的机缘。

《永乐大典》书影

这首《临江仙》就出自杨慎谪戍云南时所作《廿一史弹词》。《廿一史弹词》原名《历代史略十段锦词话》，传世后易名为《廿一史弹词》。它取材于正史，用浅近文言写成，是用来弹唱演说中国历史的，相当于一部通俗的"中国史纲要"，或者明朝版的"中国历史那些事儿"，被誉为"后世弹词之祖"。它的体例是先词后诗，然后是杂言的韵文，比如《第一段 总说》是一首《西江月》：

天上乌飞兔走，人间古往今来。沉吟屈指数英才，多少是非成败。

富贵歌楼舞榭，凄凉废冢荒台。万般回首化尘埃，只有青山不改。

《临江仙·滚滚长江》原本是《廿一史弹词》第三段《说秦汉》部分的开篇词，也是其中写得最好的一首。毛氏父子很有眼光，把它从秦汉移到了三国，从而大红特红，那么，三国两晋那一段的题词是什么呢？请看《西江月》：

道德三皇五帝，功名夏后商周。英雄五伯闹春秋[1]，秦汉兴亡过手。

青史几行名姓，北邙无数荒丘。前人田地后人收，说甚龙争虎斗。

这首词大家可能看着眼熟，很对，这就是郭德纲常用的定场诗。郭德纲是从哪儿拿来的呢？估计他没看过杨慎《弹词》的原本，很大可能是因为冯梦龙把这首词抄在了《东周列国志》的开头，后来在评书相声界逐渐流传的。写秦汉的被移到的三

---

[1] 此处的"伯"是"长""第一"的意思，也作"五霸"。

天上烏飛兔走 人間古往今來 沉吟屈指數英才 多少是非成敗 富貴歌樓舞榭 凄涼廢塚荒臺 萬般回首化塵埃 只有青山不改 詩曰

第一段 總說 西江月

廿一史彈詞註卷之一
成都楊 慎用修編著
漢陽張三異禹木增定
男仲璜別麓註
伯琮鶴湄訂
叔班鵾巖泰
孫坦舍坤章
坦麟畫臣
坦驤青御
坦熊男祥全校

《廿一史弹词》书影

国，写三国的被移到了东周，这个"错位"现象也是很有意思的。总之我们看得出来，杨慎这一组词确实写得不错，既很高明，也很通俗，做到了雅俗共赏，所以才赢得大家格外的喜爱和讽诵。

我们再来介绍两首绝句，清代大诗人王士禛的《落凤坡吊庞士元》：

白马关前夜雨凉，断碑空在汉祠荒。一群鹦鹉林间语，似忆当年孤凤凰。

沔上风流万古存，鱼梁州畔问江村。何如但作冥鸿好，采药相携去鹿门。

王士禛大家或许不太熟悉，但在清代，这是数得着的大诗人，肯定进入"十强"，而且可能有希望进入清代最优秀诗人的总决赛，得个奖牌不大成问题。王士禛（1634—1711），号渔洋山人，山东新城（山东桓台）人。顺治十五年（1658）进士，他年轻时游历济南，邀名士集会于大明湖，即景赋《秋柳诗》四首，大江南北一时和作者甚多，从此闻名天下，逐渐成为清初诗坛公认的盟主、一代"神韵"宗师。

在王士禛的"神韵"诗作中，这两首绝句写得不算好，但名气很大，为什么呢？里面涉及一个历史真实的问题。正史记载，庞统不是在落凤坡被张任射死的，也没有诸葛亮写信预警、刘备换给他白马等戏剧性的情节，史书上只是说庞统攻打雒城，为流矢所中，刘备哭之甚哀，亲自为他选定墓地，墓址在今四川德阳市罗江县白马关侧，白马关就是当时庞统中箭身亡之地。王士禛入蜀，来到落凤坡，写下这两首发思古之幽情的诗作。之后逐渐有人批评他误将《三国志演义》情节当成信史来写，这是学问粗疏的表现。经过鲁迅说了以后，此事就变得更有名了。

鲁迅在《中国小说的历史的变迁》中说，《三国演义》的效应之一是"容易招人误会。因为中间所叙的事情，有七分是实的，三分是虚的；惟其实多虚少，所以人们或不免并信虚者为真。如王渔洋是有名的诗人，也是学者，而他有一个诗的题目叫《落凤坡吊庞士元》，这'落凤坡'只有《三国演义》上有，别无根据，王渔洋却被他闹昏了"①。

王士禛这个黑锅背得对不对呢？我个人认为不对。有两条理由：第一，落凤坡的名目尽管东汉三国时没有，但后来是有的。王士禛来时不仅有落凤坡，还看见了庞统祠墓，据此凭吊不能说不对；第二点更重要，王士禛在诗里并没有说庞统是死于落凤坡的，他只是看见了庞统墓，发一点感慨，既追缅庞统"孤凤凰"的才华，又惋惜他为什么没有隐居起来，而在白马关落得如此凄凉的下场。这些都是怀古诗很标准的流程、正常的写法。后人的

---

① 《鲁迅全集》第九卷，人民文学出版社 1981 年版，第 323 页。

说法是很不公平的，包括鲁迅在内。

我们再来看一首词，清代大词人朱彝尊的《满江红·吴大帝庙》：

> 玉座苔衣，拜遗像、紫髯如乍。想当日、周郎陆弟，一时声价。乞食肯从张子布，举杯但属甘兴霸。看寻常、谈笑敌曹刘，分区夏。南北限，长江跨；楼橹动，降旗诈。叹六朝割据，后来谁亚。原庙尚存龙虎地，春秋未辍鸡豚社。剩山围、衰草女墙空，寒潮打。

一般读者都不太熟悉清代词。我这里要澄清两点：第一，清代词成就特高，不亚于大家熟悉的宋词；第二，纳兰性德不是清代第一词人，只是名气最大的词人。清初词坛胜过纳兰的至少有两位，一位是可以和辛弃疾相提并论的陈维崧，另一位就是我们要讲的这首词的作者朱彝尊。

朱彝尊（1629—1709），字锡鬯，号竹垞，晚号小长芦钓鱼师，又号金风亭长。浙江秀水（今浙江嘉兴市）人。早年抗清，康熙十八年（1679）举博学鸿词科，除检讨。二十二年（1683）入直南书房，做过康熙皇帝的贴身秘书。他学问很大，诗词也是一代高峰，诗与王士禛并称"南朱北王"，词为"浙西词派"宗主，与陈维崧并称"朱陈"。客观地说，他的学问、成就不是纳兰性德可以相比的，尽管我很喜欢纳兰。

与跟他齐名的陈维崧相比，朱彝尊比较婉约、清空一些。他的爱情词写得极好，可以与纳兰称"双子星座"。他有一个词集《静志居琴趣》，写他和妻妹冯寿常的恋爱史，我的博士导师严迪昌先生称之为"清人爱情词的绝唱"。同时，他也有写得很悲壮豪迈的篇章，放在陈维崧的集子里都难以分辨。比如这首《满江红·吴大帝庙》，题材比较少见，笔力也极为劲健，是朱彝尊词集中的上品。

词中"乞食肯从张子布，举杯但属甘兴霸"两句写的乃是孙权两件大事。"乞食"的事情见于《三国演义》第四十三回《诸葛亮舌战群儒 鲁子敬力排众议》：

　　权将曹操檄文示肃曰："操昨遣使赍文至此，孤先发遣来使，现今会众商议未定。"肃接檄文观看。其略曰："孤近承帝命，奉词伐罪。旄麾南指，刘琮束手；荆襄之民，望风归顺。今统雄兵百万，上将千员，欲与将军会猎于江夏，共伐刘备，同分土地，永结盟好。幸勿观望，速赐回音。"鲁肃看毕曰："主公尊意若何？"权曰："未有定论。"张昭曰："曹操拥百万之众，借天子之名，以征四方，拒之不顺。且主公大势可以拒操者，长江也。今操既得荆州，长江之险，已与我共之矣，势不可敌。以愚之计，不如纳降，为万安之策。"众谋士皆曰："子布之言，正合天意。"孙权沉吟不语。张昭又曰："主公不必多疑。如降操，则东吴民安，江南六郡可保矣。"孙权低头不语。

　　须臾，权起更衣，鲁肃随于权后。权知肃意，乃执肃手而言曰："卿欲如何？"肃曰："恰才众人所言，深误将军。众人皆可降曹操，惟将军不可降曹操。"权曰："何以言之？"肃曰："如肃等降操，当以肃还乡党，累官故不失州郡也；将军降操，欲安所归乎？位不过封侯，车不过一乘，骑不过一匹，从不过数人，岂得南面称孤哉！众人之意，各自为己，不可听也。将军宜早定大计。"权叹曰："诸人议论，大失孤望。子敬开说大计，正与吾见相同。此天以子敬赐我也！"

孙权在鲁肃建议之下，定准了联刘抗曹的大计，这是很了不起的。

"举杯"的事情是在第六十八回《甘宁百骑劫魏营　左慈掷杯戏曹操》一场：

张昭曰："今曹操远来，必须先挫其锐气"……甘宁……即告权曰："宁今夜只带一百人马去劫曹营；若折了一人一骑，也不算功。"孙权壮之，乃调拨帐下一百精锐马兵付宁；又以酒五十瓶，羊肉五十斤，赏赐军士。甘宁回到营中，教一百人皆列坐，先将银碗斟酒，自吃两碗，乃语百人曰："今夜奉命劫寨，请诸公各满饮一觞，努力向前。"众人闻言，面面相觑。甘宁见众人有难色，乃拔剑在手，怒叱曰："我为上将，且不惜命，汝等何得迟疑！"众人见甘宁作色，皆起拜曰："愿效死力。"

甘宁将酒肉与百人共饮食尽，约至二更时候取白鹅翎一百根，插于盔上为号；都披甲上马，飞奔曹操寨边，拔开鹿角，大喊一声，杀入寨中，径奔中军来杀曹操。原来中军人马，以车仗伏路穿连，围得铁桶相似，不能得进。甘宁只将百骑，左冲右突。曹兵惊慌，正不知敌兵多少，自相扰乱。那甘宁百骑，在营内纵横驰骤，逢着便杀。各营鼓噪，举火如星，喊声大震。甘宁从寨之南门杀出，无人敢当。孙权令周泰引一枝兵来接应。甘宁将百骑回到濡须。操兵恐有埋伏，不敢追袭。后人有诗赞曰："鼙鼓声喧震地来，吴师到处鬼神哀！百翎直贯曹家寨，尽说甘宁虎将才。"

甘宁引百骑到寨，不折一人一骑；至营门，令百人皆击鼓吹笛，口称"万岁"，欢声大震。孙权自来迎接。甘宁下马拜伏。权扶起，携宁手曰："将军此去，足使老贼惊骇。非孤相舍，正欲观卿胆耳！"即赐绢千匹，利刀百口。宁拜受讫，遂分赏百人。权语诸将曰："孟德有张辽，孤有甘兴霸，足以相敌也。"

这一段写甘宁格外出色，孙权的领袖风范也很令人心折。朱彝尊以工整的对仗把这两件事化入词中，极具豪壮格调，是很高妙的手段。

诗词简单介绍完毕，我们再附带说几副三国对联。三国题材同样是对联的热门话题，特别是关帝庙对联最多，偶尔也有比较好的。如《三国志演义》第七十七回引用的这一副：

赤面秉赤心，骑赤兔追风，驰驱时无忘赤帝；

青灯观青史，仗青龙偃月，隐微处不愧青天。

梁章钜《楹联丛话》记载的一副也不错：

河南许州八里桥有关帝庙，壁有画像：帝骑马居中，曹公及张辽等分立两旁，酌酒饯行。有长联云："亦知吾故主尚存乎？从今日遍逐天涯，且休道万钟千驷；曾许汝立功乃去耳！倘他日相逢歧路，又肯忘樽酒绨袍①。"

《楹联丛话》另一则颇有意思：

吴中多周公瑾祠，有自夸其撰联之工者，云："顾曲有闲情，不碍破曹真事业；饮醇原雅量，偏嫌生亮并英雄。"余谓"既生瑜，何生亮"语出《三国志演义》，史传中并无其事，本传历叙公瑾运筹决胜，绝无与诸葛交涉一言。惟《鲁肃传》载"肃迎刘备于当阳，劝备与权并力，备甚欢悦。时诸葛亮与备相随。肃谓亮曰：'我，

---

① 《楹联丛话附新话》，中华书局 2019 年重印版，第 34 页。

子瑜友也。'即共定交"数语而已……若《桃符缀语》中所载一联云："大帝君臣同骨肉；小乔夫婿是英雄。"十四字，却落落大方①。

梁章钜批评"顾曲"一联不够好，因为里面有《演义》的内容。实际上，单从艺术角度，也是"大帝"一联更好。为什么呢？因为"顾曲"一联太"巧"了，"巧"就显得小气，而"大帝"朴素大气，概括性强，确实落落大方。上一则里头"赤面"那一联借颜色作对，也是"太巧"，不如下面那副长联替关羽自白，比较有情致。

所有关于三国人物的对联中，冠军一定要推赵藩题成都武侯祠的"攻心联"：

能攻心则反侧自消，从古知兵非好战；
不审势即宽严皆误，后来治蜀要深思。

这一联好在什么地方呢？第一是不落俗套。撰写诸葛祠联，一般多就"一对""两表""三顾"等事迹生发，没有什么新意。此联对那些俗套置之不顾，抓住诸葛亮治军治国的精髓，让人耳目一新。第二是议论正大深刻。作者客观总结了诸葛亮治蜀的经

---

① 《楹联丛话附新话》，中华书局 2019 年重印版，第 34 页。

能攻心则反侧自消，从古知兵非好战

光绪二十八年十一月上旬之吉

不审势即宽严皆误，后来治蜀要深思

署四川盐茶使者剑川赵藩敬撰

赵藩"攻心联"手迹

验教训，揭示了正反、宽严、和战等矛盾统一的辩证关系，用语简洁凝练，褒贬得当。短短三十字，字字精要，不同凡响。第三是针砭时政，别具匠心。作者不是为了怀古应酬而作此对联。此联撰于1902年，当时四川巡抚岑春煊残酷镇压农民起义，致使民怨沸腾。赵藩曾是岑春煊的启蒙老师，出于对时局的关注和忧虑，借评价诸葛亮为名，撰写此联，旨在对"后来治蜀"者予以讽谏①。

作者赵藩（1851—1927）是云南剑川人，晚年号石禅老人，白族，中国近代著名的政治家、学者、诗人和书法家。参加过辛亥革命和护国、护法运动，历任中华民国第一届国会议员、南方军政府交通部长。1920年辞职回滇，任云南省图书馆馆长。他最著名的学生是蔡锷，另一位学生李根源是朱德的老师。以政治家兼诗人的情怀，赵藩的手笔当然与俗流小家不同，夺冠"三国对联"，是我们意料中事。

---

① 参见杨锡麟博客文章。

结束语

历史要真实，也要演义

"暗淡了刀光剑影，远去了鼓角铮鸣，眼前飞扬着一个个鲜活的面容"，一部三国史，浩浩汤汤，荡气回肠，薄薄一本《马大勇心解〈三国演义〉》"，现在到了说再见的时候了。

相对于《三国演义》本身的巨大体量和魅力而言，这本小书只是冰山一角而已。我只是把自己读书时的一些突出感受整理了一下，跟大家分享，并没有做到，也没想做到面面俱到、巨细靡遗的那种解读。对于这种级别的名著，人人都有发言权，能就我看到的一个角落提供一点新意，我觉得已经很满意了。

《三国演义》是一部小说，它的叙述对象是历史，但不是完全真实的历史，而是经过了理念剪裁、艺术加工以后的历史，所以前人说它"七实三虚"，也就是说，大关节是真实的，比如"连环计"王允除掉了董卓、"赤壁之战"孙刘联军打败了曹操、"走麦城"关羽死于孙权之手、蜀汉政权最早灭亡，不管你多么喜欢刘备关羽，多么讨厌曹操，这些都不能改。一旦改了，小说就完全"架空"，不成其为"历史小说"了。曾经有人写过《反三国演义》，完全无视历史的真实情况，按照自己的意思写成蜀汉政权灭掉魏国、吴国，一统天下，大汉朝又延续下去了。这只能是笑话，也没有什么艺术价值，所以大家也不知道那本书。

那么，什么叫"三虚"呢？那就是大关节过得去的情况下，可以虚构一些细节，让整个故事丰富起来、曲折起来，有更丰满的质地和更斑斓的色彩。比如在连环计虚构貂蝉这个人物，在赤壁之战虚构"蒋干盗书"的情节，在"一出祁山"虚构了"空城计"桥段，这都是"三虚"的表现。

问题在于，按比例而言可能是"三虚"，但就对历史产生的影响而言，虚构这三成也许比实在那七成还大呢！这话怎么理解？我们看金庸的《鹿鼎记》第三十六回，在叙述韦小宝教了苏菲亚公主"抢钱抢女人"的五字真言，使她从阶下囚咸鱼翻身，一跃成为摄政女王之后，金庸有这样一段妙语：

> 中国立国数千年，争夺帝皇权位、造反斫杀，经验之丰，举世无与伦比。韦小宝所知者只是民间流传的一些皮毛，却已足以扬威异域，居然助人谋朝篡位，安邦定国。其实此事说来亦不希奇，满清开国将帅粗鄙无学，行军打仗的种种谋略，主要从一部《三国演义》中得来。当年清太宗使反间计，骗得崇祯皇帝自毁长城，杀了大将袁崇焕，就是抄袭《三国演义》中周瑜使计、令曹操斩了自己水军都督的故事。实则周瑜骗得曹操杀水军都督，历史上并无其事，乃是出于小说家杜撰，不料小说家言，后来竟尔成为事实，关涉到中国数百年气运，世事之奇，那更胜于小说了。满人入关后开疆拓土，使中国版图几为明朝之三倍，远胜于汉唐全盛之时，余荫直至今

日，小说、戏剧、说书之功，亦殊不可没。^①

这段话能够引起我们很多的思考：历史是什么？有人说，历史是个无限不循环小数，只能无限接近而不能真正找到答案。这或许是对的，而像《三国演义》这样的小说恰恰走在了历史和文学的夹缝里，如同高明的杂技演员走钢丝，它用精美的文学手段对这个本来已经惊心动魄的历史进行了再创作，建构出了作者自己心目中的"三国"。它或许在一定程度上没有遵循历史的真实，但是却展现了"演义"，也就是文学的魅力，而且开启了历史演义小说之门。从此后的《封神演义》《隋唐演义》《绿野仙踪》，乃至当代小说《鹿鼎记》《亮剑》《雍正皇帝》《三国机密》《风起陇西》《三国配角演义》中，我们都是不难发现《三国演义》的巨大影响的。在这个意义上说，历史当然需要学者的真实，但是也需要文学家的演义，这两者都是不可偏废的。

本书是在长期课堂讲授和"喜马拉雅FM"发布的音频课基础上增订整理而成的。作为一门要经过听众检验的课程，其"可听性"就要显得十分突出，所以我常常会借鉴评书或单口相声的讲法对原著有所"拆洗"，也就是说，本书中的某些细节（包括"毛批"）与原文会有一些小的出入，这次整理，并未强求一致，希望读者诸君谅察。

感谢弟子赵郁飞博士在音频课录制过程中做了大量的后台工作，并提出很多好的建议；感谢弟子王俊杰、杨婷辛勤录入初

① 《鹿鼎记》第三十六回，广州出版社2015年重印版，第1321页。

稿。还要特别致谢时代文艺出版社李贺来先生的诸多匡正与中国社会科学出版社王茵、王斌两位老师的精心策划编辑，使我避免了不少由于记忆疏误和贪图"可听性"造成的硬伤，这才使这本讲稿得以相对完善精美的面貌问世。当然，由于时间匆促，加之我不专业研究小说，这一册"《三国演义》读后感"中恐怕还会存在一些舛误，我也诚恳地期待着诸位方家的指教。

马大勇

辛丑岁初定稿于佳谷斋